Edmond Rostand

Cyrano de Bergerac (1897)

Texte intégral des actes I, II, III et V
(avec un résumé de l'acte IV)

LE DOSSIER

Dire l'amour dans *Cyrano de Bergerac* : entre rire et larmes

L'ENQUÊTE

La vie quotidienne sous Louis XIII

Notes et dossier
Claire Gauthier
Agrégée de lettres classiques

Laure Péquignot-Grandjean
Certifiée de lettres modernes

Collection dirigée par
Bertrand Louët

Hatier

Sommaire

OUVERTURE
- Qui sont les personnages ? 4
- Quelle est l'histoire ? 6
- Qui est l'auteur ? 8
- Que se passe-t-il à l'époque ? 10

ZOOM SUR QUATRE MISES EN SCÈNE
Zoom sur les mises en scène de Denis Podalydès, Gilles Bouillon, Dominique Pitoiset, et sur le film de Jean-Paul Rappeneau **12**

Cyrano de Bergerac

Acte I **17**
▶ Lectures actives 1, 2, 3 . . . . . . **45, 55, 89**
Acte II **107**
▶ Lectures actives 4, 5, 6 . . . . . . **129, 143, 165**
Acte III **184**
▶ Lecture active 7 . . . . . . **225**

ISBN : 978-2-401-02821-0

Acte IV : résumé 254

Acte V 255

▶ Lecture active 8 297

▶ Défi lecture 298

Cahier photos : focus sur trois mises en scène

LE DOSSIER

Dire l'amour dans *Cyrano de Bergerac* : entre rire et larmes

- Repères 302
- Parcours de l'œuvre 306
- Textes & image : les amours impossibles. 322

L'ENQUÊTE

La vie quotidienne sous Louis XIII 331

- Petit lexique littéraire. 344
- À lire et à voir 346

* Les mots suivis d'un * sont définis dans le lexique p. 344.

Qui sont les personnages ?

Les personnages principaux

CYRANO DE BERGERAC

Gascon fier et plein d'esprit, admiré de ses camarades de la compagnie des cadets et craint par ses ennemis, il aime autant se battre que composer des vers. Bien qu'il soit amoureux de Roxane, son énorme nez, qui le défigure, lui ôte tout espoir d'être aimé en retour.

ROXANE

Madeleine Robin, dite Roxane, dont la beauté fait chavirer les cœurs, est la cousine de Cyrano. Éprise de poésie précieuse et de nobles sentiments, elle rêve d'un amant qui allierait la beauté à l'esprit.

Les personnages secondaires

RAGUENEAU : ce pâtissier amoureux de la poésie se laisse ruiner par sa femme et les hommes de lettres qu'il entretient, avant d'entrer au service de Cyrano.

LA DUÈGNE : gourmande et sympathique, elle aide sa jeune maîtresse dans ses projets.

CHRISTIAN DE NEUVILLETTE

Ce jeune aristocrate, qui appartient à la même compagnie de cadets que Cyrano, est très amoureux de Roxane. Bel homme, il souffre de ne pas avoir d'esprit.

DE GUICHE

Comte puissant et sans scrupule, il veut obliger Roxane à épouser son complice, le vicomte de Valvert, afin de pouvoir devenir l'amant de la jeune femme.

LES CADETS DE GASCOGNE : ces jeunes militaires, qui aiment boire, rire et se battre, forment une compagnie très soudée.

VALVERT : vicomte fat et dénué d'esprit, il accepte par intérêt de se soumettre aux volontés du puissant comte de Guiche.

LE BRET : ami fidèle de Cyrano, il joue le rôle de confident du héros.

Quelle est l'histoire ?

Les circonstances

L'intrigue se situe au XVIIe siècle, sous le règne de Louis XIII, qui dirige son royaume avec l'appui du cardinal de Richelieu. La guerre de Trente Ans fait rage en Europe : en 1640, le siège d'Arras oppose les Français aux Espagnols.

L'action

1. Cyrano, désespérément amoureux de sa cousine Roxane, apprend de la bouche de la jeune femme qu'elle est éprise du beau Christian de Neuvillette.

2. Christian n'a pas assez d'esprit pour plaire à Roxane. Sacrifiant ses sentiment
pour faire le bonheur de sa cousine, Cyra
propose à Christian d'écrire à sa place des lettres d'amour, et de lui enseigner les discours qui plairont à la jeune femm

Cyrano de Bergerac.
Dessin d'Edmond Rostand.

Le but

Dans cette comédie héroïque, Edmond Rostand fait revivre la France de Louis XIII, et célèbre les valeurs portées par Cyrano : le courage, l'indépendance et le panache.

3. Les deux amoureux réussissent à se marier, mais de Guiche manœuvre pour que Christian soit envoyé au front, où il meurt.

4. Quinze ans plus tard, Roxane découvre que les discours de Christian étaient ceux de Cyrano. C'est au moment où Cyrano meurt qu'il peut enfin dévoiler ses véritables sentiments.

Qui est l'auteur ?

Edmond Rostand
(1868-1918)

Edmond Rostand (1868-1918)

● UNE JEUNESSE FAVORISÉE

Edmond Rostand naît en 1868 à Marseille, dans une famille bourgeoise aisée, passionnée d'art et de culture. Il fréquente le collège Stanislas à Paris, puis entame des études de droit, tout en commençant à composer des vers. Il devient rapidement un habitué des salons parisiens, notamment celui du grand écrivain Leconte de Lisle, dont il épouse la filleule.

● DES DÉBUTS LABORIEUX

Au début des années 1890, il écrit plusieurs pièces de théâtre, passant du vaudeville* à la comédie* en musique, sans réussir à s'imposer sur les scènes parisiennes. Le jeune écrivain persiste et commence à obtenir un écho favorable en 1895, avec *La Princesse lointaine*, dont le rôle principal est interprété par la plus grande comédienne de l'époque, Sarah Bernhardt. Celle-ci présente au jeune poète le comédien Coquelin, qui devient son ami, et pour lequel il écrit le rôle de Cyrano.

● L'ÉCRIVAIN À SUCCÈS

Le succès de *Cyrano de Bergerac* (1897) bouleverse la vie de l'écrivain. Il reçoit la Légion d'honneur, est joué sur les plus grandes scènes de France et d'Europe, et acquiert une célébrité rare pour un dramaturge*. Ses pièces suivantes, *L'Aiglon* (1900) et *Chanteclerc* (1910), ne remportent pas le même succès, mais il est désormais un homme de lettres reconnu, admis à l'Académie française en 1901, alors qu'il n'a que 33 ans. Il meurt durant l'hiver 1918, victime de la grippe espagnole.

Le 28 décembre 1897,
c'est la première de *Cyrano de Bergerac*

• *Un véritable triomphe*

Le 28 décembre 1897 a lieu, au théâtre de la Porte-Saint-Martin, la première de *Cyrano de Bergerac*. Edmond Rostand craint un échec, tant sa pièce puise dans tous les registres*, du drame héroïque à la commedia dell'arte*, en passant par le néoromantisme. La pièce est un triomphe : ce soir-là, les applaudissements durent plus d'une heure, provoquant quarante rappels.

C'est Coquelin (1841-1909), comédien renommé au nez proéminent et grand ami de Rostand, qui incarne le rôle principal. Après la première, il va jouer le rôle des centaines de fois, en France, et même aux États-Unis, avec Sarah Bernhardt en Roxane.

• *Les origines du personnage*

Le véritable Savinien de Cyrano, dit de Bergerac (1619-1655), était mousquetaire mais aussi un écrivain avec des idées très libres pour l'époque. Ses romans *L'Autre Monde ou les États et Empires de la Lune*, et *Les États et Empires du Soleil* (1657-1662), publiés par son ami Le Bret, montrent la relativité de nos coutumes à travers le point de vue d'un voyageur qui débarque sur la Lune, puis sur le Soleil.

Rostand s'est également inspiré de souvenirs personnels, notamment d'un surveillant de son collège surnommé « Pif luisant ».

• *Un succès jamais démenti*

La pièce a été jouée dans le monde entier et dans toutes les langues, sur scène comme à l'écran. Monter *Cyrano* est une gageure, tant les personnages sont nombreux et le rôle-titre difficile à tenir en raison de la durée de la présence du héros sur scène. Il faut aussi arriver à se démarquer des interprétations cultes, comme celle de Gérard Depardieu dans le film de Jean-Paul Rappeneau (1990).

Que se passe-t-il à l'époque ?

Sur le plan politique et culturel

● LA RÉPUBLIQUE TRIOMPHANTE

À la fin du XIXe siècle et au début du XXe siècle, des lois importantes sont votées : celles sur la liberté de réunion, de la presse et des syndicats, celle de Jules Ferry sur l'école laïque, gratuite et obligatoire, et celle sur la séparation des Églises et de l'État (1905).

● LES FASTES DE LA BELLE ÉPOQUE

La France connaît une période de prospérité économique et l'industrie affiche une croissance spectaculaire. Les progrès de l'alphabétisation et la multiplication des journaux permettent d'atteindre toutes les classes sociales. Sur le plan culturel, Paris apparaît comme la capitale artistique de la Belle Époque : des artistes du monde entier viennent s'y installer.

● LA RECHERCHE DE NOUVELLES FORMES ESTHÉTIQUES

La République conservatrice déçoit les artistes. Les romans naturalistes, dans le sillage d'Émile Zola, évoquent des univers proches des lecteurs, en appliquant à la connaissance du réel les méthodes scientifiques. D'autres considèrent que l'art n'a d'autres buts que la recherche du Beau.

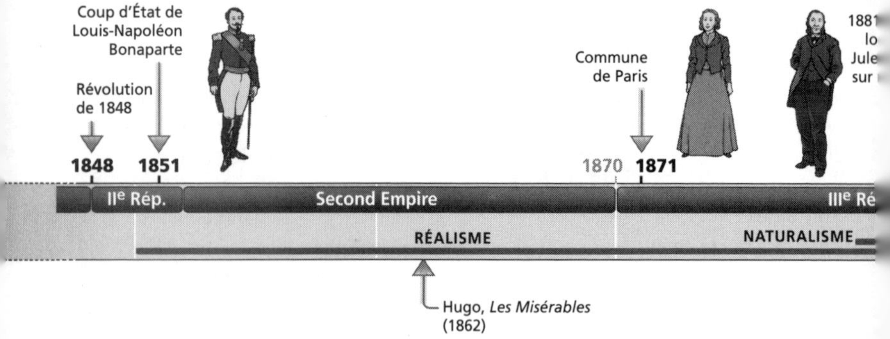

Sur le plan théâtral

● LES SALLES DE THÉÂTRE

À Paris, cabarets, cafés-concerts (« caf'-conç' »), bals se multiplient (affiches de Toulouse Lautrec). Les grands théâtres officiels, telle la Comédie-Française, restent les lieux privilégiés pour le répertoire français. Le public s'y presse pour admirer la première star internationale de l'époque, Sarah Bernhardt. Destinés à un public plus populaire, les vaudevilles* sont joués, eux, dans les théâtres situés sur les Grands Boulevards.

● LES GENRES EN VOGUE

À Paris, on joue des comédies légères, comme les vaudevilles de Courteline ou de Feydeau : le comique repose sur de nombreux rebondissements et l'intrigue met en scène le trio du mari, de la femme et de l'amant. D'autres auteurs connaissent le succès avec des pièces en vers inspirées de la tragédie classique du XVIIe siècle, et dont les sujets sont tirés de la mythologie ou de l'Histoire.

● LA NAISSANCE DE LA MISE EN SCÈNE MODERNE

L'éclairage à l'électricité permet des effets de contrastes, de couleurs, des mouvements de décors plus fluides. Les acteurs, davantage mis en valeur, doivent désormais autant travailler le corps que la voix. Ces innovations techniques favorisent l'apparition de nouveaux métiers : technicien lumière, et surtout metteur en scène – fonction jusque-là occupée par le chef de troupe ou l'auteur.

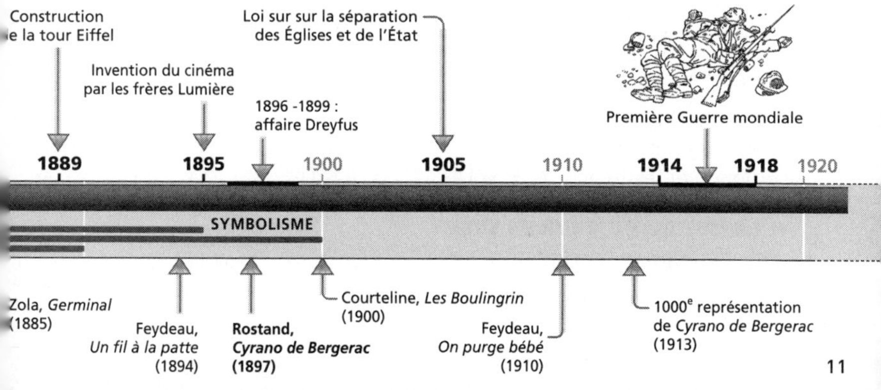

Zoom sur quatre mises en scène

La mise en scène de Denis Podalydès (2006)

● UN SPECTACLE DE LA COMÉDIE-FRANÇAISE

Denis Podalydès convoque tous les genres et sollicite toute l'énergie de son équipe pour faire vibrer la partition de *Cyrano* : « Nous voulions que le spectacle sorte du ventre de notre théâtre, des caves, des greniers, des cintres, des dessous : faire jouer toute la machine. » Cyrano y est incarné par Michel Vuillermoz. Le spectacle est récompensé par six Molière en 2007.

Regarde sur Internet la bande-annonce du spectacle. Reporte-toi également aux photos 1 et 2 dans le cahier couleur.

● LE POINT DE VUE D'UN PROFESSIONNEL

« Bien loin d'accepter le destin d'effacement que lui suggère sa laideur, [Cyrano] se constitue lui-même en héros – et pas en héros ordinaire : il passe les bornes de l'héroïsme possible, s'érige en héros de roman. » (E. Bourdieu, conseiller pour la mise en scène.)

La mise en scène de Gilles Bouillon (2010)

● UN SPECTACLE AU THÉÂTRE DE L'ÉPÉE-DE-BOIS

Christophe Brault, dans le rôle-titre, est entouré d'une troupe de jeunes comédiens vive et joyeuse. Cette mise en scène célèbre l'amour du théâtre : Cyrano organise autour de lui une scénographie mobile qui s'adapte d'acte en acte. Le spectacle fait alterner des scènes collectives effrénées et d'autres où dominent l'émotion et le silence.

Regarde sur YouTube un extrait de cette mise en scène. Reporte-toi également aux photos 3 et 4 dans le cahier couleur. Sur le site du théâtre de la Tempête, tu peux trouver d'autres infos sur cette mise en scène.

● LE MOT DU METTEUR EN SCÈNE

« Sur le plan de la scénographie et des costumes, sur le plan du jeu, du mouvement et de la mise en scène, il convient, pour traiter le pittoresque de la comédie héroïque, de trouver des solutions plus poétiques que spectaculaires. »

La mise en scène de Dominique Pitoiset (2013)

• UN SPECTACLE CRÉÉ AU THÉÂTRE NATIONAL DE BRETAGNE

Dans cette mise en scène, Cyrano, joué par Philippe Torreton, et ses comparses sont enfermés dans un asile ! Le héros porte dès le début une blessure à la tête. Et si cette histoire n'était que le délire d'un homme fou, qui le partage avec ses camarades de détention ?

Consulte le site du théâtre de l'Odéon-Théâtre de l'Europe. Reporte-toi également aux photos 5 et 6 dans le cahier couleur.

• LE POINT DE VUE D'UN PROFESSIONNEL

« L'œil, miroir de l'âme, est un organe noble, racinien ; le nez est l'apanage des clowns. Que vit donc Cyrano : une tragédie, une comédie ? En tout cas une histoire de fous, nous dit Dominique Pitoiset. En l'occurrence, l'aventure d'une révolte contre un certain état du monde [...]. » (Daniel Loaysa, dramaturge.)

Le film de Jean-Paul Rappeneau (1990)

• UN FILM DE THÉÂTRE

Le réalisateur adapte la pièce avec un casting prestigieux : Gérard Depardieu, Vincent Pérez, Jacques Weber, Anne Brochet... Il profite de la liberté que lui offre le cinéma pour ajouter des scènes annexes, multiplier les décors, les comédiens (plus de 2000 !) : ce n'est pas du théâtre filmé, mais du cinéma à grand spectacle.

Regarde sur Internet la bande-annonce du film. L'affiche est reproduite sur la 3e de couverture.

• LE POINT DE VUE D'UN CRITIQUE DE CINÉMA

« Rappeneau croit au pouvoir de séduction des mots, à leur capacité d'imprimer un rythme à sa mise en scène et il se révèle ainsi lui-même un véritable double de Cyrano, aussi enflammé, aussi naïf, aussi magicien que le héros de Rostand. » (Frédéric Strauss, *Les Cahiers du Cinéma*, n° 430, mars 1990.)

Affiche de 1898 pour Cyrano de Bergerac, *d'Edmond Rostand (1868-1918). Illustration de Lucien Métivet (1863-1932).*

LE TEXTE

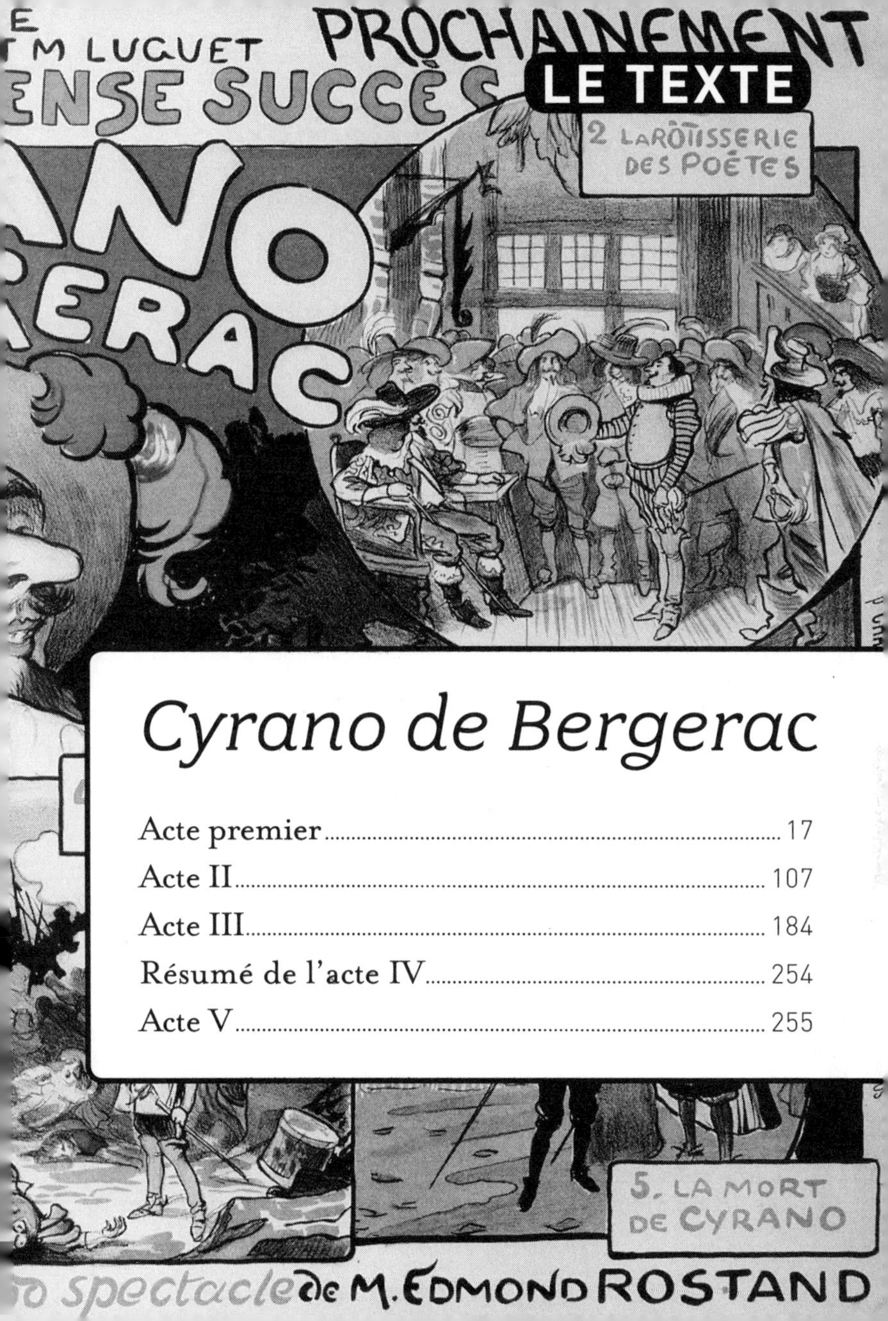

Cyrano de Bergerac

Acte premier 17
Acte II 107
Acte III 184
Résumé de l'acte IV 254
Acte V 255

Cyrano de Bergerac

Comédie héroïque représentée
pour la première fois le 28 décembre 1897

LES PERSONNAGES

Cyrano de Bergerac
Christian de Neuvillette
Comte de Guiche
Ragueneau
Le Bret
Carbon de Castel-Jaloux
Les cadets
Lignière
De Valvert
Un marquis
Deuxième marquis
Troisième marquis
Montfleury
Bellerose
Jodelet
Cuigy
D'artagnan
Brissaille
Un fâcheux
Un mousquetaire
Un autre
Un officier espagnol
Un chevau-léger
Le portier
Un bourgeois
Son fils
Un tire-laine
Un spectateur
Un garde
Bertrandon le fifre
Le capucin
Deux musiciens
Les poètes
Les pâtissiers
Roxane
Sœur Marthe
Lise
La distributrice
Mère Marguerite de Jésus
La duègne
Sœur Claire
Une comédienne
La soubrette
Les pages
La bouquetière
Une dame
Une précieuse
Une sœur

La foule, bourgeois, marquis, mousquetaires, tire-laine, pâtissiers, poètes, cadets, Gascons, comédiens, violons, pages, enfants, soldats espagnols, spectateurs, spectatrices, précieuses, comédiennes, bourgeoises, religieuses, etc.
Les quatre premiers actes ont lieu en 1640, le cinquième, en 1655.

Acte premier

UNE REPRÉSENTATION[1] À L'HÔTEL DE BOURGOGNE

La salle de l'Hôtel de Bourgogne, *en 1640. Sorte de hangar de jeu de paume[2] aménagé et embelli pour des représentations. La salle est un carré long ; on la voit en biais, de sorte qu'un de ses côtés forme le fond qui part du premier plan, à droite, et va au dernier plan, à gauche, faire angle avec la scène, qu'on aperçoit en pan coupé.*

Cette scène est encombrée, des deux côtés, le long des coulisses, par des banquettes. Le rideau est formé par deux tapisseries qui peuvent s'écarter. Au-dessus du manteau d'Arlequin, les armes royales[3]. On descend de l'estrade dans la salle par de larges marches. De chaque côté de ces marches, la place des violons. Rampe de chandelles.

Deux rangs superposés de galeries latérales : le rang supérieur est divisé en loges. Pas de sièges au parterre, qui est la scène même du théâtre ; au fond de ce parterre, c'est-à-dire à droite, premier plan, quelques bancs formant gradins et, sous un escalier qui monte vers

1. Représenter, dans une pièce de théâtre une autre pièce de théâtre, est un procédé courant que l'on appelle « théâtre dans le théâtre ».
2. **Jeu de paume** : ancêtre du tennis, que l'on jouait en salle.
3. **Armes royales** : symboles qui représentent la famille royale.

L'Hôtel de Bourgogne est un des deux théâtres fixes qui existent à Paris en 1640. C'est un théâtre à l'italienne : la scène est encadrée d'un « manteau d'Arlequin », structure où sont représentés des rideaux relevés. La « rampe de chandelles » et le « lustre » permettent d'assurer l'éclairage, à la bougie. Le « parterre », espace situé devant la scène, accueille les spectateurs les plus pauvres, qui restent debout. Sur les côtés, les deux « galeries latérales » permettent aux spectateurs plus aisés d'assister au spectacle assis : à l'étage supérieur, les « loges » sont louées aux plus riches d'entre eux. Enfin, les « banquettes », situées sur la scène, sont réservées aux spectateurs les plus prestigieux.

des places supérieures, et dont on ne voit que le départ, une sorte de buffet orné de petits lustres, de vases fleuris, de verres de cristal, d'assiettes de gâteaux, de flacons, etc.

Au fond, au milieu, sous la galerie de loges, l'entrée du théâtre. Grande porte qui s'entrebâille pour laisser passer les spectateurs. Sur les battants de cette porte, ainsi que dans plusieurs coins et au-dessus du buffet, des affiches rouges sur lesquelles on lit : La Clorise[1].

Au lever du rideau, la salle est dans une demi-obscurité, vide encore. Les lustres sont baissés au milieu du parterre, attendant d'être allumés.

SCÈNE 1 – LE PUBLIC, *qui arrive peu à peu.*

CAVALIER, BOURGEOIS, LAQUAIS, PAGES, TIRE-LAINE[2], LE PORTIER, *etc., puis* LES MARQUIS, CUIGY, BRISSAILLE, LA DISTRIBUTRICE[3], LES VIOLONS, *etc.*

On entend derrière la porte un tumulte de voix, puis un cavalier entre brusquement.

LE PORTIER, *le poursuivant.*

Holà ! vos quinze sols[4] !

LE CAVALIER

J'entre gratis !

1. ***La Clorise*** : pastorale* (œuvre dont les personnages sont des bergers) écrite par Balthazar Baro en 1631.
2. **Tire-laine** : voleur.
3. **La distributrice** : l'ouvreuse.
4. **Sols** : sous ; monnaie utilisée au XVIIe siècle.

LE PORTIER

Pourquoi ?

LE CAVALIER

Je suis chevau-léger de la maison du Roi !

LE PORTIER, *à un autre cavalier qui vient d'entrer.*

Vous ?

DEUXIÈME CAVALIER

Je ne paye pas !

LE PORTIER

Mais...

DEUXIÈME CAVALIER

Je suis mousquetaire.

PREMIER CAVALIER, *au deuxième.*

On ne commence qu'à deux heures. Le parterre
Est vide. Exerçons-nous au fleuret[1].

Ils font des armes avec des fleurets qu'ils ont apportés.

1. **Fleuret** : épée sans tranchant, dont on se sert pour s'entraîner à se battre.

Un « chevau-léger de la maison du Roi » est un cavalier qui sert dans l'armée royale. Un « mousquetaire » est un soldat qui assure la protection du roi. Les deux cavaliers refusent de payer l'entrée en prétextant que leur prestigieuse fonction les en dispense.

UN LAQUAIS, *entrant*.

Pst... Flanquin ?...

UN AUTRE, *déjà arrivé.*

Champagne ?...

LE PREMIER, *lui montrant des jeux qu'il sort de son pourpoint*[1].

Cartes. Dés.

Il s'assied par terre.

Jouons.

LE DEUXIÈME, *même jeu.*

Oui, mon coquin.

PREMIER LAQUAIS, *tirant de sa poche un bout de chandelle qu'il allume et colle par terre.*

J'ai soustrait à mon maître un peu de luminaire.

UN GARDE, *à une bouquetière qui s'avance.*

C'est gentil de venir avant que l'on n'éclaire !...

Il lui prend la taille.

1. **Pourpoint** : habit d'homme couvrant la poitrine du cou jusqu'à la ceinture.

On voit ici sur scène plusieurs actions simultanées : des cavaliers, désignés plus loin comme des « bretteurs », s'entraînent à l'escrime ; deux « laquais » (valets), Flanquin et Champagne, jouent au dés ; un garde flirte avec une « bouquetière » (vendeuse de bouquets) ; un petit groupe d'hommes pique-nique par terre ; un bourgeois et son fils discutent de théâtre ; des « pages » (serviteurs) dansent et préparent des farces ; un « tire-laine » donne une leçon de vol à ses complices.

UN DES BRETTEURS[1], *recevant un coup de fleuret.*
Touche !

UN DES JOUEURS
Trèfle !

LE GARDE, *poursuivant la fille.*
Un baiser !

LA BOUQUETIÈRE, *se dégageant.*
On voit !...

LE GARDE, *l'entraînant dans les coins sombres.*
Pas de danger !

UN HOMME, *s'asseyant par terre avec d'autres porteurs de provisions de bouche[2].*
Lorsqu'on vient en avance, on est bien pour manger.

UN BOURGEOIS, *conduisant son fils.*
Plaçons-nous là, mon fils.

UN JOUEUR
Brelan d'as !

1. **Bretteurs** : personnes qui aiment se battre à l'épée.
2. **Provisions de bouche** : nourriture et boisson.

UN HOMME, *tirant une bouteille de sous son manteau et s'asseyant aussi.*
Un ivrogne
Doit boire son bourgogne...
Il boit.
à l'Hôtel de Bourgogne !

LE BOURGEOIS, *à son fils.*
Ne se croirait-on pas en quelque mauvais lieu ?
Il montre l'ivrogne du bout de sa canne.
Buveurs...
En rompant[1], *un des cavaliers le bouscule.*
Bretteurs !
Il tombe au milieu des joueurs.
Joueurs !

LE GARDE, *derrière lui, lutinant*[2] *toujours la femme.*
Un baiser !

LE BOURGEOIS, *éloignant vivement son fils.*
Jour de Dieu !
– Et penser que c'est dans une salle pareille
Qu'on joua du Rotrou ➲, mon fils !

1. **En rompant** : en reculant (terme d'escrime).
2. **Lutinant** : taquinant.

➲ **Rotrou et Corneille sont deux auteurs de tragédies du XVIIe siècle. Le bourgeois et son fils déplorent le décalage entre la noblesse des pièces représentées sur la scène de l'Hôtel de Bourgogne et l'atmosphère détendue et populaire qui règne dans la salle.**

LE JEUNE HOMME

Et du Corneille !

UNE BANDE DE PAGES, *se tenant par la main, entre en farandole et chante.*

Tra la la la la la la la la la la la lère...

LE PORTIER, *sévèrement aux pages.*

Les pages, pas de farce !...

PREMIER PAGE, *avec une dignité blessée.*

Oh ! Monsieur ! ce soupçon !...

Vivement au deuxième, dès que le portier a tourné le dos.

As-tu de la ficelle ?

LE DEUXIÈME

Avec un hameçon.

PREMIER PAGE

On pourra de là-haut pêcher quelque perruque.

UN TIRE-LAINE, *groupant autour de lui plusieurs hommes de mauvaise mine.*

Or çà, jeunes escrocs, venez qu'on vous éduque :
Puis donc que[1] vous volez pour la première fois...

1. **Puis donc que** : puisque.

DEUXIÈME PAGE, *criant à d'autres pages déjà placés aux galeries supérieures.*

Hep ! Avez-vous des sarbacanes[1] ?

TROISIÈME PAGE, *d'en haut.*

Et des pois !

Il souffle et les crible de pois.

LE JEUNE HOMME, *à son père.*

Que va-t-on nous jouer ?

LE BOURGEOIS

Clorise.

LE JEUNE HOMME

De qui est-ce ?

LE BOURGEOIS

De monsieur Balthazar Baro. C'est une pièce !...

Il remonte au bras de son fils.

LE TIRE-LAINE, *à ses acolytes[2].*

... La dentelle surtout des canons, coupez-la !

1. **Sarbacane** : long tuyau qui permet, quand on souffle dedans, de jeter de petites balles (par exemple, comme ici, des pois).
2. **Acolytes** : complices.

Balthazar Baro, auteur dramatique qui a réellement existé, est l'auteur d'une pastorale intitulée *La Clorise*. Dans *Cyrano*, Rostand multiplie les clins d'œil au spectateur cultivé en mêlant, aux personnages fictifs, des noms de personnes réelles.

Le canon dont il est ici question n'est pas une arme, mais une pièce de tissu ronde et large, souvent ornée de dentelle, que l'on attachait au-dessus du genou.

UN SPECTATEUR, *à un autre,*
lui montrant une encoignure[1] *élevée.*
Tenez, à la première du *Cid* ➲, j'étais là !

LE TIRE-LAINE, *faisant avec ses doigts le geste de subtiliser*[2].
Les montres...

LE BOURGEOIS, *redescendant, à son fils.*
Vous verrez des acteurs très illustres...

LE TIRE-LAINE, *faisant le geste de tirer par petites secousses furtives*[3].
Les mouchoirs...

LE BOURGEOIS
Montfleury...

QUELQU'UN, *criant de la galerie supérieure.*
Allumez donc les lustres !

LE BOURGEOIS
... Bellerose, l'Épy, la Beaupré, Jodelet[4] !

UN PAGE, *au parterre.*
Ah ! Voici la distributrice !...

1. **Encoignure** : angle.
2. **Subtiliser** : voler avec une grande discrétion.
3. **Furtives** : discrètes et rapides.
4. Noms des comédiens les plus célèbres de l'Hôtel de Bourgogne.

➲ *Le Cid* est une célèbre tragicomédie de Corneille : la première représentation, en 1637, fut un succès, mais la pièce déclencha ensuite de vives polémiques.

LA DISTRIBUTRICE, *paraissant derrière le buffet.*

Oranges, lait,
Eau de framboise, aigre de cèdre[1]...

Brouhaha à la porte.

UNE VOIX DE FAUSSET[2]

Places, brutes !

UN LAQUAIS, *s'étonnant.*

Les marquis !... au parterre ➲ ?...

UN AUTRE LAQUAIS

Oh ! pour quelques minutes.

Entre une bande de petits marquis.

UN MARQUIS, *voyant la salle à moitié vide.*

Hé quoi ! Nous arrivons ainsi que les drapiers,
Sans déranger les gens ? sans marcher sur les pieds ➲ ?
Ah fi ! fi ! fi !

Il se trouve devant d'autres gentilshommes[3] entrés peu avant.

Cuigy ! Brissaille !

Grandes embrassades.

1. **Aigre de cèdre** : boisson au citron.
2. **Voix de fausset** : voix très aiguë.
3. **Gentilhommes** : nobles de haut rang.

➲ **La répartition des spectateurs est faite selon le rang social. Le « peuple » reste debout au parterre (d'où l'étonnement du laquais en y voyant le marquis), les nobles et le public aisé occupent les loges et les galeries qui offrent une meilleure visibilité.** **Voir aussi note p. 17.**

➲ **Le marquis déplore que son entrée ne soit pas assez spectaculaire : il est arrivé trop tôt et, comme un simple « drapier » (marchand de drap), est passé inaperçu. Pour l'aristocratie, le théâtre est un divertissement où l'on vient aussi, dans ses plus beaux vêtements, pour se montrer.**

CUIGY

Des fidèles !
Mais oui, nous arrivons devant que[1] les chandelles...

LE MARQUIS

Ah ! ne m'en parlez pas ! Je suis dans une humeur...

UN AUTRE

Console-toi, marquis, car voici l'allumeur ➲ !

LA SALLE, *saluant l'entrée de l'allumeur.*

Ah !...

On se groupe autour des lustres qu'il allume. Quelques personnes ont pris place aux galeries. Lignière entre au parterre, donnant le bras à Christian de Neuvillette. Lignière, un peu débraillé[2], figure d'ivrogne distingué. Christian, vêtu élégamment, mais d'une façon un peu démodée ➲, paraît préoccupé et regarde les loges.

SCÈNE 2 – *Les mêmes,* CHRISTIAN, LIGNIÈRE, *puis* RAGUENEAU *et* LE BRET

CUIGY

Lignière !

BRISSAILLE, *riant.*

Pas encor gris[3] !...

1. **Devant que** : avant que.
2. **Débraillé** : dont les vêtements sont en désordre.
3. **Gris** : ivre, saoul.

➲ **Au XVIIe siècle, les salles sont éclairées à la bougie. Les entractes, qui ont lieu toutes les demi-heures environ, permettent de remplacer les bougies consumées et de « moucher » (= éteindre) régulièrement les mèches pour que la fumée ne rende pas l'atmosphère irrespirable.**

➲ **Les vêtements démodés de Christian montrent qu'il ne connaît pas les habitudes et les règles de la cour. C'est un jeune homme qui fait son entrée dans le monde, ce qui explique que Lignière, plus âgé et plus expérimenté, prenne soin de le présenter aux marquis.**

LIGNIÈRE, *bas à Christian.*

Je vous présente ?

Signe d'assentiment[1] *de Christian.*

Baron de Neuvillette.

Saluts.

LA SALLE, *acclamant l'ascension du premier lustre allumé.*

Ah !

CUIGY, *à Brissaille, en regardant Christian.*

La tête est charmante.

PREMIER MARQUIS, *qui a entendu.*

Peuh !...

LIGNIÈRE, *présentant à Christian.*

Messieurs de Cuigy, de Brissaille...

CHRISTIAN, *s'inclinant.*

Enchanté !...

PREMIER MARQUIS, *au deuxième.*

Il est assez joli, mais n'est pas ajusté
Au dernier goût[2].

LIGNIÈRE, *à Cuigy.*

Monsieur débarque de Touraine[3].

---

1. **Assentiment** : accord, consentement.
2. **Ajusté au dernier goût** : habillé selon la mode.
3. **Touraine** : province de l'Ouest de la France, dont la capitale est Tours.

CHRISTIAN

Oui, je suis à Paris depuis vingt jours à peine.
J'entre aux gardes demain, dans les Cadets[1].

PREMIER MARQUIS, *regardant les personnes qui entrent dans les loges.*

Voilà
La présidente Aubry !

LA DISTRIBUTRICE

Oranges, lait…

LES VIOLONS, *s'accordant.*

La… la…

CUIGY, *à Christian, désignant la salle qui se garnit.*

Du monde !

CHRISTIAN

Eh ! oui, beaucoup.

PREMIER MARQUIS

Tout le bel air[2] !

Ils nomment les femmes à mesure qu'elles entrent, très parées[3], dans les loges. Envois de saluts, réponses de sourires.

1. **Cadets** : compagnie où les jeunes aristocrates étaient formés au métier des armes ; membres de cette compagnie.
2. **Le bel air** : ensemble des aristocrates de la plus haute noblesse.
3. **Très parées** : vêtues de beaux vêtements et portant de riches bijoux.

DEUXIÈME MARQUIS

Mesdames

De Guéméné…

CUIGY

De Bois-Dauphin…

PREMIER MARQUIS

Que nous aimâmes.

BRISSAILLE

De Chavigny…

DEUXIÈME MARQUIS

Qui de nos cœurs va se jouant !

LIGNIÈRE

Tiens, monsieur de Corneille est arrivé de Rouen.

LE JEUNE HOMME, *à son père.*

L'Académie est là ?

LE BOURGEOIS

Mais… j'en vois plus d'un membre ;
Voici Boudu, Boissat, et Cureau de la Chambre ;

L'Académie française, créée par Richelieu en 1635, rassemble les hommes de lettres français les plus illustres, leur mission étant de fixer les règles de la langue française.

Porchères, Colomby, Bourzeys, Bourdon, Arbaud...
Tous ces noms dont pas un ne mourra, que c'est beau !

PREMIER MARQUIS

Attention ! nos précieuses prennent place :
Barthénoïde, Urimédonte, Cassandace,
Félixérie ...

DEUXIÈME MARQUIS, *se pâmant.*

Ah ! Dieu ! leurs surnoms sont exquis !
Marquis, tu les sais tous ?

PREMIER MARQUIS

Je les sais tous, marquis !

LIGNIÈRE, *prenant Christian à part.*

Mon cher, je suis entré pour vous rendre service :
La dame ne vient pas. Je retourne à mon vice !

CHRISTIAN, *suppliant.*

Non !... vous qui chansonnez et la ville et la cour[1],
Restez : vous me direz pour qui je meurs d'amour.

1. **Vous qui chansonnez et la ville et la cour** : vous qui écrivez des chansons pour vous moquer des bourgeois comme des aristocrates.

Les académiciens sont aussi appelés « immortels » : mais, contrairement à ce qu'affirme le bourgeois, beaucoup des noms cités sont tombés dans l'oubli au moment où Rostand compose *Cyrano de Bergerac*.

On appelle « précieuses » les femmes qui, dans les salons, participent au mouvement de la *préciosité*, laquelle développe une poésie raffinée et savante. Les dames prennent un surnom raffiné : Barthénoïde, Urimédonte... Magdeleine Robin a choisi de s'appeler Roxane, nom d'une héroïne de roman à la mode.

Lignière est pressé de retourner s'enivrer. S'il est venu au théâtre, c'est uniquement pour aider Christian, qui veut lui montrer la jeune femme dont il est tombé amoureux, afin que Lignière lui dévoile son identité.

LE CHEF DES VIOLONS, *frappant sur son pupitre, avec son archet.*
Messieurs les violons !...
Il lève son archet.

LA DISTRIBUTRICE
Macarons, citronnée...
Les violons commencent à jouer.

CHRISTIAN
J'ai peur qu'elle ne soit coquette et raffinée,
Je n'ose lui parler, car je n'ai pas d'esprit...
Le langage aujourd'hui qu'on parle et qu'on écrit,
Me trouble. Je ne suis qu'un bon soldat timide.
– Elle est toujours à droite, au fond : la loge vide.

LIGNIÈRE, *faisant mine de sortir.*
Je pars.

CHRISTIAN, *le retenant encore.*
Oh ! non, restez !

LIGNIÈRE
Je ne peux. D'Assoucy
M'attend au cabaret. On meurt de soif, ici.

LA DISTRIBUTRICE, *passant devant lui avec un plateau.*
Orangeade ?

LIGNIÈRE
Fi !

LA DISTRIBUTRICE

Lait ?

LIGNIÈRE

Pouah !

LA DISTRIBUTRICE

Rivesalte[1] ?

LIGNIÈRE

Halte !

À Christian.

Je reste encore un peu. – Voyons ce rivesalte ?

Il s'assied près du buffet. La distributrice lui verse du rivesalte.

CRIS, *dans le public à l'entrée d'un petit homme grassouillet et réjoui.*

Ah ! Ragueneau !...

LIGNIÈRE, *à Christian.*

Le grand rôtisseur[2] Ragueneau.

RAGUENEAU, *costume de pâtissier endimanché*[3], *s'avançant vivement vers Lignière.*

Monsieur, avez-vous vu monsieur de Cyrano ?

1. **Rivesalte** : vin doux naturel produit sur le terroir de Rivesaltes (Pyrénées-Orientales).
2. **Rôtisseur** : cuisinier.
3. **Endimanché** : se dit d'un bourgeois qui a mis ses plus beaux habits (péjoratif).

LIGNIÈRE, *présentant Ragueneau à Christian.*

Le pâtissier des comédiens et des poètes !

RAGUENEAU, *se confondant*[1].

Trop d'honneur...

LIGNIÈRE

Taisez-vous, Mécène que vous êtes !

RAGUENEAU

Oui, ces messieurs chez moi se servent...

LIGNIÈRE

À crédit.

Poète de talent lui-même...

RAGUENEAU

Ils me l'ont dit.

LIGNIÈRE

Fou de vers !

1. **Se confondant** : marquant qu'il trouve ce compliment excessif.

Mécène, proche de l'empereur romain Auguste, protégea et entretint de nombreux artistes. Depuis, on appelle « mécène » un particulier qui finance des artistes ou des institutions culturelles. Ragueneau, qui aime la poésie et en écrit lui-même, se plaît à régaler les poètes de délicieux gâteaux, dont ils ne manquent pas de profiter.

RAGUENEAU

Il est vrai que pour une odelette[1]...

LIGNIÈRE

Vous donnez une tarte...

RAGUENEAU

Oh ! une tartelette !

LIGNIÈRE

Brave homme, il s'en excuse !... Et pour un triolet[2]
Ne donnâtes-vous pas ?

RAGUENEAU

Des petits pains !

LIGNIÈRE, *sévèrement.*

Au lait.
– Et le théâtre ! vous l'aimez ?

RAGUENEAU

Je l'idolâtre.

LIGNIÈRE

Vous payez en gâteaux vos billets de théâtre !
Votre place, aujourd'hui, là, voyons, entre nous,
Vous a coûté combien ?

---

1. **Odelette** : petit poème.
2. **Triolet** : petit poème de huit vers.

RAGUENEAU

Quatre flans. Quinze choux.

Il regarde de tous côtés.

Monsieur de Cyrano n'est pas là ? Je m'étonne.

LIGNIÈRE

Pourquoi ?

RAGUENEAU

Montfleury joue !

LIGNIÈRE

En effet, cette tonne[1],
Va nous jouer ce soir le rôle de Phédon[2].
Qu'importe à Cyrano ?

RAGUENEAU

Mais vous ignorez donc ?
Il fit à Montfleury, messieurs, qu'il prit en haine,
Défense, pour un mois, de reparaître en scène.

LIGNIÈRE, *qui en est à son quatrième petit verre.*

Eh bien ?

RAGUENEAU

Montfleury joue !

1. **Tonne** : tonneau. Montfleury, acteur en vogue vers 1640, était très gros.
2. **Phédon** : personnage de *La Clorise*.

CUIGY, *qui s'est rapproché de son groupe.*
Il n'y peut rien.

RAGUENEAU

Oh ! Oh !

Moi, je suis venu voir !

PREMIER MARQUIS

Quel est ce Cyrano ?

CUIGY

C'est un garçon versé dans les colichemardes[1].

DEUXIÈME MARQUIS

Noble ?

CUIGY

Suffisamment. Il est cadet aux gardes.

Montrant un gentilhomme qui va et vient dans la salle comme s'il cherchait quelqu'un.

Mais son ami Le Bret peut vous dire...

Il appelle.

Le Bret !

Le Bret descend vers eux.

Vous cherchez Bergerac ?

1. **Colichemardes** : épées à larges lames ; l'expression signifie que Cyrano aime se battre.

LE BRET
Oui, je suis inquiet !...

CUIGY
N'est-ce pas que cet homme est des moins ordinaires ?

LE BRET, *avec tendresse.*
Ah ! c'est le plus exquis des êtres sublunaires[1] !

RAGUENEAU
Rimeur !

CUIGY
Bretteur !

BRISSAILLE
Physicien !

LE BRET
Musicien !

LIGNIÈRE
Et quel aspect hétéroclite[2] que le sien !

RAGUENEAU

---

1. **Êtres sublunaires** : êtres qui se trouvent sous la Lune, c'est-à-dire sur Terre. L'expression est un clin d'œil de l'auteur au véritable Cyrano de Bergerac, dont l'œuvre la plus célèbre s'intitule *L'Autre Monde ou les États et Empires de la Lune.*
2. **Hétéroclite** : bizarre.

Certes, je ne crois pas que jamais nous le peigne
Le solennel monsieur Philippe de Champaigne ➲ ;
Mais bizarre, excessif, extravagant, falot[1],
Il eût fourni, je pense, à feu Jacques Callot
Le plus fol spadassin[2] à mettre entre ses masques :
Feutre ➲ à panache triple et pourpoint à six basques,
Cape que par-derrière, avec pompe, l'estoc
Lève, comme une queue insolente de coq,
Plus fier que tous les Artabans[3] dont la Gascogne
Fut et sera toujours l'alme Mère Gigogne[4],
Il promène en sa fraise à la Pulcinella,
Un nez !... Ah ! messeigneurs, quel nez que ce nez-là !...
On ne peut voir passer un pareil nasigère[5]
Sans s'écrier : « Oh ! non, vraiment, il exagère ! »
Puis on sourit, on dit : « Il va l'enlever... » Mais
Monsieur de Bergerac ne l'enlève jamais.

1. **Falot** : joyeux.
2. **Spadassin** : homme d'épée (synonyme de bretteur).
3. **Artaban** : personnage de roman célèbre pour sa fierté.
4. **L'alme Mère Gigogne** : l'expression mêle le latin *alma mater*, « mère nourricière » et le personnage de farce Mère Gigogne. Ragueneau se moque gentiment de la fierté qu'éprouve Cyrano, et les Gascons en général, à être originaire de Gascogne.
5. **Nasigère** : nez.

➲ **Philippe de Champaigne est un peintre du XVIIe siècle célèbre pour ses portraits officiels des gentilshommes de la cour. Jacques Callot, quant à lui, est connu pour ses portraits de « masques » (c'est-à-dire de personnages) de la commedia dell'arte. Cette double référence picturale insiste sur la fantaisie de Cyrano, sa personnalité exubérante et son originalité.**

➲ **Cyrano est aussi extravagant par sa tenue : il porte habituellement un chapeau mal fait (« feutre ») orné de trois grandes plumes (« panache triple»), un habit serré (« pourpoint à six basques »), une cape, une grande épée (« estoc »), et une large collerette (« fraise »), comparée à celle que porte Pulcinella (v. 113), l'un des personnages de la commedia dell'arte.**

LE BRET, *hochant la tête.*

Il le porte, – et pourfend[1] quiconque le remarque !

RAGUENEAU, *fièrement.*

Son glaive est la moitié des ciseaux de la Parque ➲ !

PREMIER MARQUIS, *haussant les épaules.*

Il ne viendra pas !

RAGUENEAU

Si !... Je parie un poulet
À la Ragueneau !

LE MARQUIS, *riant.*

Soit !

Rumeurs d'admiration dans la salle. Roxane vient de paraître dans sa loge. Elle s'assied sur le devant, sa duègne[2] prend place au fond. Christian, occupé à payer la distributrice, ne regarde pas.

DEUXIÈME MARQUIS, *avec des petits cris.*

Ah ! messieurs ! mais elle est
Épouvantablement ravissante !

1. **Pourfend** : perce de son épée.
2. **Duègne** : gouvernante chargée de veiller sur une jeune fille.

➲ **Dans la religion romaine, les Parques, au nombre de trois, sont les divinités qui président au destin de chaque homme. La première dévide le fil de la vie, la deuxième le file, la troisième le coupe. L'expression signifie que Cyrano est capable de tuer n'importe qui à l'aide de son épée (son « glaive »).**

PREMIER MARQUIS

Une pêche
Qui sourirait avec une fraise ➲ !

DEUXIÈME MARQUIS

Et si fraîche
Qu'on pourrait, l'approchant, prendre un rhume de cœur !

CHRISTIAN, *lève la tête, aperçoit Roxane, et saisit vivement Lignière par le bras.*

C'est elle !

LIGNIÈRE, *regardant.*

Ah ! c'est elle ?...

CHRISTIAN

Oui. Dites vite. J'ai peur.

LIGNIÈRE, *dégustant son rivesalte à petits coups.*

Magdeleine Robin, dite Roxane. – Fine.
Précieuse.

CHRISTIAN

Hélas !

➲ **La métaphore signifie que Roxane a un visage magnifique, à la peau semblable par sa clarté et sa douceur à celle d'une pêche, et aux lèvres rouges et appétissantes comme une fraise. Cette réplique, comme la suivante, parodie le goût de l'image et de la métaphore de la poésie précieuse du XVIIe siècle.**

LIGNIÈRE

Libre. Orpheline. Cousine
De Cyrano, – dont on parlait…
À ce moment un seigneur très élégant, le cordon bleu[1] *en sautoir, entre dans la loge et, debout, cause un instant avec Roxane.*

CHRISTIAN, *tressaillant.*

Cet homme ?…

LIGNIÈRE, *qui commence à être gris, clignant de l'œil.*

Hé ! Hé !…
– Comte de Guiche. Épris d'elle. Mais marié
À la nièce d'Armand de Richelieu ➲. Désire
Faire épouser Roxane à certain triste sire,
Un monsieur de Valvert, vicomte… et complaisant ➲.
Elle n'y souscrit pas[2], mais de Guiche est puissant :
Il peut persécuter une simple bourgeoise.
D'ailleurs j'ai dévoilé sa manœuvre sournoise
Dans une chanson qui… Ho ! il doit m'en vouloir !
– La fin était méchante… Écoutez…
Il se lève en titubant, le verre haut, prêt à chanter.

CHRISTIAN

Non. Bonsoir.

---

1. **Cordon bleu** : cordon de Saint-Louis, l'une des plus prestigieuses distinctions de la noblesse sous l'Ancien Régime.
2. **Elle n'y souscrit pas** : elle n'est pas d'accord.

➲ **Le cardinal de Richelieu est le tout-puissant Premier ministre du roi Louis XIII. Il est mentionné plusieurs fois au cours de la scène.**

➲ **Valvert a passé un accord avec De Guiche : s'il épouse Roxane, De Guiche deviendra l'amant de la jeune femme.**

LIGNIÈRE

Vous allez ?

CHRISTIAN

Chez monsieur de Valvert !

LIGNIÈRE

Prenez garde :

C'est lui qui vous tuera !

Lui désignant du coin de l'œil Roxane.

Restez. On vous regarde.

CHRISTIAN

C'est vrai !

Il reste en contemplation. Le groupe de tire-laine, à partir de ce moment, le voyant la tête en l'air et la bouche bée, se rapproche de lui.

LIGNIÈRE

C'est moi qui pars. J'ai soif ! Et l'on m'attend
– Dans des tavernes !

Il sort en zigzaguant.

LE BRET, *qui a fait le tour de la salle, revenant vers Ragueneau, d'une voix rassurée.*

Pas de Cyrano.

RAGUENEAU, *incrédule.*

Pourtant...

LE BRET

Ah ! je veux espérer qu'il n'a pas vu l'affiche !

LA SALLE, *trépignante.*

Commencez ! Commencez !

Cyrano de Bergerac, *film français de Jean-Paul Rappeneau, 1990. Avec Anne Brochet (Roxane), Philippe Volter (vicomte de Valvert) et Jacques Weber (comte de Guiche).*

▶ Quels personnages reconnais-tu sur cette photographie ?

▶ Quels éléments t'ont permis de répondre à la question précédente ? Regarde attentivement les costumes et les attitudes des personnages.

LECTURE ACTIVE 1

Acte I, scènes 1 et 2

As-tu bien lu ?

1 Les scènes 1 et 2 de l'acte I se déroulent dans un théâtre. Mais à quel moment : avant, pendant ou après la représentation ?

2 Quelles catégories sociales sont représentées dans le public ?
☐ des cavaliers ☐ des marquis
☐ des laquais et des pages ☐ des bourgeois

3 Parmi les personnages principaux, lequel n'est pas encore entré en scène ?
☐ Christian ☐ Cyrano ☐ De Guiche ☐ Roxane

Atelier théâtre

Un tableau animé de la scène d'exposition

▶ ***Objectif***. Composer un tableau vivant et sonore à partir de la scène 1.

▶ ***Préparation***. Faire la liste des personnages qui interviennent dans la scène 1. La classe est divisée en deux groupes. On laisse 15 minutes de préparation à chaque groupe, qui fait sa distribution des rôles, imagine une mise en espace et une ambiance sonore (prévoir que chacun parle en fonction de son personnage mais avec ses mots).

▶ ***Mise en jeu***. Chaque groupe présente sa mise en scène. Les élèves viennent se placer, à tour de rôle, seul ou par couple, sur le plateau. Chacun choisit une posture et se fige comme une statue. Quand tout le monde est entré, le professeur frappe dans ses mains et le tableau s'anime et se sonorise.

▶ ***Réfléchir ensemble***. À la fin de chaque tableau, faire un bilan collectif. Qu'est-ce qui fait que le tableau est beau, équilibré, « parlant » pour le public ? Les comédiens ont-ils tenu compte les uns des autres ?

SCÈNE 3 – LES MÊMES, *moins* LIGNIÈRE ; DE GUICHE, VALVERT, *puis* MONTFLEURY

UN MARQUIS, *voyant de Guiche, qui descend de la loge de Roxane traverse le parterre, entouré de seigneurs obséquieux*[1], *parmi lesquels le vicomte de Valvert.*
Quelle cour, ce de Guiche !

UN AUTRE

Fi !... Encore un Gascon !

LE PREMIER

Le Gascon souple et froid,
Celui qui réussit !... Saluons-le, crois-moi.
Ils vont vers de Guiche.

DEUXIÈME MARQUIS

Les beaux rubans ! Quelle couleur, comte de Guiche ?
Baise-moi-ma-mignonne ou bien *Ventre-de-Biche* ?

DE GUICHE

C'est couleur *Espagnol malade.*

PREMIER MARQUIS

La couleur
Ne ment pas, car bientôt, grâce à votre valeur,
L'Espagnol ira mal, dans les Flandres ➲ !

---

1. **Obséquieux** : trop polis et trop respectueux.

➲ **En 1640, la France est en guerre contre l'Espagne.**

DE GUICHE

Je monte

Sur scène. Venez-vous ?

Il se dirige, suivi de tous les marquis et gentilshommes, vers le théâtre. Il se retourne et appelle.

Viens, Valvert !

CHRISTIAN, *qui les écoute et les observe, tressaille en entendant ce nom.*

Le vicomte !

Ah ! je vais lui jeter à la face mon...

Il met la main dans sa poche, et y rencontre celle d'un tire-laine en train de le dévaliser. Il se retourne.

Hein ?

LE TIRE-LAINE

Ay !...

CHRISTIAN, *sans le lâcher.*

Je cherchais un gant !

LE TIRE-LAINE, *avec un sourire piteux.*

Vous trouvez une main.

Changeant de ton, bas et vite.

Lâchez-moi. Je vous livre un secret.

CHRISTIAN, *le tenant toujours.*

Quel ?

LE TIRE-LAINE

Lignière…

Qui vous quitte…

CHRISTIAN, *de même.*

Eh ! bien ?

LE TIRE-LAINE

… touche à son heure dernière.
Une chanson qu'il fit blessa quelqu'un de grand,
Et cent hommes – j'en suis – ce soir sont postés !…

CHRISTIAN

Cent !

Par qui ?

LE TIRE-LAINE

Discrétion…

CHRISTIAN, *haussant les épaules.*

Oh !

LE TIRE-LAINE, *avec beaucoup de dignité.*

Professionnelle !

CHRISTIAN

Où seront-ils postés ?

LE TIRE-LAINE

À la porte de Nesle.
Sur son chemin. Prévenez-le !

CHRISTIAN, *qui lui lâche enfin le poignet.*
Mais où le voir !

LE TIRE-LAINE

Allez courir tous les cabarets : *le Pressoir*
D'Or, la Pomme de Pin, la Ceinture qui craque,
Les Deux Torches, les Trois Entonnoirs, – et dans chaque,
Laissez un petit mot d'écrit l'avertissant.

CHRISTIAN

Oui, je cours ! Ah ! les gueux[1] ! Contre un seul homme, cent !
Regardant Roxane avec amour.
La quitter... elle !
Regardant avec fureur Valvert.
Et lui !... – Mais il faut que je sauve
Lignière !...

Il sort en courant. – De Guiche, le vicomte, les marquis, tous les gentilshommes ont disparu derrière le rideau pour prendre place sur les banquettes de la scène. Le parterre est complètement rempli. Plus une place vide aux galeries et aux loges.

LA SALLE

Commencez.

1. **Gueux** : misérables.

Au XVIIe siècle, trois rangées de banquettes étaient placées de part et d'autre des scènes de l'Hôtel de Bourgogne et du théâtre du Marais. Elles étaient destinées aux spectateurs distingués. Les jeunes seigneurs s'y donnaient souvent en spectacle, par leurs exclamations, leurs extravagances, et même parfois leurs apostrophes au parterre.

UN BOURGEOIS, *dont la perruque s'envole au bout d'une ficelle, pêchée par un page de la galerie supérieure.*
Ma perruque !

CRIS DE JOIE
Il est chauve !...
Bravo, les pages !... Ha ! ha ! ha !...

LE BOURGEOIS, *furieux, montrant le poing.*
Petit gredin !

RIRES ET CRIS, *qui commencent très fort et vont décroissant.*
HA ! HA ! ha ! ha ! ha ! ha !
Silence complet.

LE BRET, *étonné.*
Ce silence soudain ?...
Un spectateur lui parle bas.
Ah ?...

LE SPECTATEUR
La chose me vient d'être certifiée.

MURMURES, *qui courent.*
Chut ! – Il paraît ?... Non !... Si ! – Dans la loge grillée.
– Le Cardinal ! – Le Cardinal ! – Le Cardinal[1] !

UN PAGE
Ah ! diable, on ne va pas pouvoir se tenir mal !...

1. Il s'agit du cardinal de Richelieu.

On frappe sur la scène. Tout le monde s'immobilise.
Attente.

LA VOIX D'UN MARQUIS, *dans le silence, derrière le rideau.*
Mouchez[1] cette chandelle !

UN AUTRE MARQUIS, *passant la tête par la fente du rideau.*
Une chaise !

Une chaise est passée, de main en main, au-dessus des têtes. Le marquis la prend et disparaît, non sans avoir envoyé quelques baisers aux loges.

UN SPECTATEUR
Silence !

On refrappe les trois coups. Le rideau s'ouvre. Tableau. Les marquis assis sur les côtés, dans des poses insolentes. Toile de fond représentant un décor bleuâtre de pastorale. Quatre petits lustres de cristal éclairent la scène. Les violons jouent doucement.

LE BRET, *à Ragueneau, bas.*
Montfleury entre en scène ?

RAGUENEAU, *bas aussi.*
Oui, c'est lui qui commence.

1. **Mouchez** : éteignez.

On frappe « les trois coups » avec un grand bâton appelé « brigadier », pour annoncer le début de la représentation.
Un « tableau », au théâtre, désigne la subdivision d'un acte, durant laquelle peuvent se faire à vue des changements de lieux et de décors. Au XVIIe siècle, la scène s'enrichit de rideaux, de panneaux coulissants, de machineries...
La pastorale, à la mode au XVIIe siècle, met en scène des histoires d'amour entre bergers et bergères.

LE BRET

Cyrano n'est pas là.

RAGUENEAU

J'ai perdu mon pari.

LE BRET

Tant mieux ! tant mieux !

On entend un air de musette[1]*, et Montfleury paraît en scène, énorme, dans un costume de berger de pastorale, un chapeau garni de roses penché sur l'oreille, et soufflant dans une cornemuse enrubannée.*

LE PARTERRE, *applaudissant.*

Bravo, Montfleury ! Montfleury !

MONTFLEURY, *après avoir salué, jouant le rôle de Phédon.*

« Heureux qui loin des cours, dans un lieu solitaire,
Se prescrit à soi-même un exil volontaire,
Et qui, lorsque Zéphire a soufflé sur les bois... »

UNE VOIX, *au milieu du parterre* ➲.

Coquin, ne t'ai-je pas interdit pour un mois ?

Stupeur. Tout le monde se retourne. Murmures.

VOIX DIVERSES

Hein ? – Quoi ? – Qu'est-ce ?...

On se lève dans les loges, pour voir.

1. **Musette** : instrument à vent.

➲ **L'entrée en scène de Cyrano est retardée pour créer un effet d'attente : il n'est d'abord qu'une « voix » au milieu des autres voix du public.**

CUIGY

C'est lui !

LE BRET, *terrifié.*

Cyrano !

LA VOIX

Roi des pitres,

Hors de scène à l'instant !

TOUTE LA SALLE, *indignée.*

Oh !

MONTFLEURY

Mais...

LA VOIX

Tu récalcitres[1] ?

VOIX DIVERSES, *du parterre, des loges.*

Chut ! Assez ! – Montfleury, jouez ! – Ne craignez rien !...

MONTFLEURY, *d'une voix mal assurée.*

« Heureux qui loin des cours dans un lieu sol... »

LA VOIX, *plus menaçante.*

Eh bien ?

Faudra-t-il que je fasse, ô Monarque des drôles,
Une plantation de bois sur vos épaules ➜ ?

Une canne au bout d'un bras jaillit au-dessus des têtes.

1. **Tu récalcitres** ? Tu résistes ?

➜ **Par cette métaphore, Cyrano menace Champfleury de lui asséner de nombreux coups de bâtons. Dans la comédie, c'est le châtiment réservé aux pitres.**

MONTFLEURY, *d'une voix de plus en plus faible.*

« Heureux qui... »

La canne s'agite.

LA VOIX

Sortez !

LE PARTERRE

Oh !

MONTFLEURY, *s'étranglant.*

« Heureux qui loin des cours... »

CYRANO, *surgissant du parterre, debout sur une chaise, les bras croisés, le feutre en bataille, la moustache hérissée, le nez terrible.*

Ah ! je vais me fâcher !...

Sensation à sa vue.

LECTURE ACTIVE 2

Acte I, scène 3

As-tu bien lu ?

1 Qui est Montfleury ?

- ☐ un comédien, ennemi de Cyrano
- ☐ un poète, ami de Cyrano
- ☐ un spectateur, cousin de Cyrano

2 Quel type de personnage le comédien Montfleury interprète-t-il ?

- ☐ un valet de comédie*
- ☐ un héros de tragédie*
- ☐ un héros de pastorale*

3 Comment Cyrano entre-t-il en scène ? Que dit-il ? Que fait-il ?

Atelier théâtre

Jouer un personnage burlesque

▸ ***Objectif***. Jouer le personnage de Montfleury, se métamorphoser de manière à créer un effet burlesque*.

▸ ***Préparation***. Chacun essaye d'apporter un accessoire pour créer le personnage de Montfleury. Le jour de l'atelier, tous les objets sont mis à la disposition de tous et chacun se sert selon son plaisir.

▸ ***Mise en jeu***. Marcher en occupant tout l'espace, chacun pour soi, sans se toucher ni se parler. Puis le professeur demande à chacun de modifier progressivement sa démarche, ses gestes, l'expression de son visage, de façon à figurer Montfleury entrant en scène dans le rôle de Phédon. Quand il frappe dans ses mains, chacun se fige et déclame ou chante les premiers vers du rôle « Heureux qui loin des cours, dans un lieu solitaire... » (v. 179-181).

▸ ***Réfléchir ensemble***. Qui a réussi à créer un personnage burlesque ? Par quels moyens ?

SCÈNE 4 – LES MÊMES, CYRANO, *puis* BELLEROSE, JODELET

MONTFLEURY, *aux marquis.*

Venez à mon secours,
Messieurs !

UN MARQUIS, *nonchalamment*[1].

Mais jouez donc !

CYRANO

Gros homme, si tu joues
Je vais être obligé de te fesser les joues !

LE MARQUIS

Assez !

CYRANO

Que les marquis se taisent sur leurs bancs,
Ou bien je fais tâter ma canne à leurs rubans !

TOUS LES MARQUIS, *debout.*

C'en est trop !... Montfleury...

CYRANO

Que Montfleury s'en aille,
Ou bien je l'essorille et le désentripaille[2] !

---

1. **Nonchalamment** : avec indifférence.
2. **Je l'essorille et le désentripaille** : je lui coupe les oreilles et lui arrache les tripes.

UNE VOIX

Mais…

CYRANO

Qu'il sorte !

UNE AUTRE VOIX

Pourtant…

CYRANO

Ce n'est pas encor fait ?

Avec le geste de retrousser ses manches.

Bon ! je vais sur la scène, en guise de buffet,
Découper cette mortadelle[1] d'Italie !

MONTFLEURY, *rassemblant toute sa dignité.*

En m'insultant, Monsieur, vous insultez Thalie !

CYRANO, *très poli.*

Si cette Muse, à qui, Monsieur, vous n'êtes rien,
Avait l'honneur de vous connaître, croyez bien
Qu'en vous voyant si gros et bête comme une urne,
Elle vous flanquerait quelque part son cothurne.

LE PARTERRE

Montfleury ! Montfleury ! – La pièce de Baro ! –

1. **Mortadelle** : gros saucisson.

Thalie est la muse de la comédie. Elle est représentée chaussée de « cothurnes », sandales à semelle très épaisse portées dans la Grèce antique par les comédiens.

CYRANO, *à ceux qui crient autour de lui.*

Je vous en prie, ayez pitié de mon fourreau[1] :
Si vous continuez, il va rendre sa lame !

Le cercle s'élargit.

LA FOULE, *reculant.*

Hé ! Là !...

CYRANO, *à Montfleury.*

Sortez de scène !

LA FOULE, *se rapprochant et grondant.*

Oh ! Oh !

CYRANO, *se retournant vivement.*

Quelqu'un réclame ?

Nouveau recul.

UNE VOIX, *chantant au fond.*

Monsieur de Cyrano
Vraiment nous tyrannise,
Malgré ce tyranneau[2]
On jouera *La Clorise.*

TOUTE LA SALLE, *chantant.*

La Clorise, La Clorise !...

1. **Fourreau** : étui contenant l'épée. Derrière la formule, qui semble polie, se cache une menace : Cyrano est sur le point de dégainer son épée.
2. **Tyranneau** : petit tyran.

CYRANO

Si j'entends une fois encor cette chanson,
Je vous assomme tous.

UN BOURGEOIS

Vous n'êtes pas Samson[1] !

CYRANO

Voulez-vous me prêter, Monsieur, votre mâchoire ?

UNE DAME, *dans les loges.*

C'est inouï !

UN SEIGNEUR

C'est scandaleux !

UN BOURGEOIS

C'est vexatoire !

UN PAGE

Ce qu'on s'amuse !

LE PARTERRE

Kss ! – Montfleury ! – Cyrano !

CYRANO

Silence !

---

1. **Samson** : personnage biblique d'une très grande force, célèbre pour avoir tué mille Philistins avec une mâchoire d'âne.

LE PARTERRE, *en délire.*

Hi han ! Bêê ! Ouah, ouah ! – Cocorico !

CYRANO

Je vous...

UN PAGE

Miâou !

CYRANO

Je vous ordonne de vous taire !
Et j'adresse un défi collectif au parterre !
– J'inscris les noms ! – Approchez-vous, jeunes héros !
Chacun son tour ! Je vais donner des numéros ! –
Allons, quel est celui qui veut ouvrir la liste ?
Vous, Monsieur ? Non ! Vous ? Non ! Le premier duelliste,
Je l'expédie avec les honneurs qu'on lui doit !
– Que tous ceux qui veulent mourir lèvent le doigt.

Silence.

La pudeur vous défend de voir ma lame nue ?
Pas un nom ? – Pas un doigt ? – C'est bien. Je continue.

Se retournant vers la scène où Montfleury attend avec angoisse.

Donc, je désire voir le théâtre guéri
De cette fluxion. Sinon...

La main à son épée.

le bistouri ➲ !

➲ Cyrano recourt à une métaphore filée : Montfleury est une maladie (une « fluxion ») dont il veut « guérir » le théâtre. En bon chirurgien, il n'hésitera pas à utiliser son « bistouri », c'est-à-dire son épée...

MONTFLEURY

Je...

CYRANO *descend de sa chaise, s'assied au milieu du rond qui s'est formé, s'installe comme chez lui.*

Mes mains vont frapper trois claques, pleine lune !
Vous vous éclipserez à la troisième.

LE PARTERRE, *amusé.*

Ah ?...

CYRANO, *frappant dans ses mains.*

Une !

MONTFLEURY

Je...

UNE VOIX, *des loges.*

Restez !

LE PARTERRE

Restera... restera pas...

MONTFLEURY

Je crois,

Messieurs...

CYRANO

Deux !

MONTFLEURY

Je suis sûr qu'il vaudrait mieux que...

CYRANO

Trois !

Montfleury disparaît comme dans une trappe.
Tempête de rires, de sifflets, de huées.

LA SALLE

Hu !... hu !... Lâche !... Reviens !...

CYRANO, *épanoui, se renverse sur sa chaise, et croise ses jambes.*

Qu'il revienne, s'il l'ose !

UN BOURGEOIS

L'orateur[1] de la troupe !

Bellerose s'avance et salue.

LES LOGES

Ah !... Voilà Bellerose !

BELLEROSE, *avec élégance.*

Nobles seigneurs...

LE PARTERRE

Non ! Non ! Jodelet !

1. **L'orateur** : ici, le porte-parole.

JODELET *s'avance, et, nasillard.*

Tas de veaux !

LE PARTERRE

Ah ! Ah ! Bravo ! très bien ! bravo !

JODELET

Pas de bravos !

Le gros tragédien dont vous aimez le ventre
S'est senti...

LE PARTERRE

C'est un lâche !

JODELET

Il dut sortir !

LE PARTERRE

Qu'il rentre !

LES UNS

Non !

LES AUTRES

Si !

UN JEUNE HOMME, *à Cyrano.*

Mais à la fin, Monsieur, quelle raison
Avez-vous de haïr Montfleury ?

CYRANO, *gracieux, toujours assis.*

Jeune oison[1],
J'ai deux raisons, dont chaque est suffisante seule.
Primo : c'est un acteur déplorable qui gueule,
Et qui soulève, avec des han ! de porteur d'eau,
Le vers qu'il faut laisser s'envoler ! – *Secundo :*
Est mon secret...

LE VIEUX BOURGEOIS, *derrière lui.*

Mais vous nous privez sans scrupule
De *La Clorise* ! Je m'entête...

CYRANO, *tournant sa chaise vers le bourgeois, respectueusement.*

Vieille mule,
Les vers du vieux Baro valant moins que zéro,
J'interromps sans remords !

LES PRÉCIEUSES, *dans les loges.*

Ha ! – ho ! – Notre Baro !
Ma chère ! – Peut-on dire ?... Ah ! Dieu !...

CYRANO, *tournant sa chaise vers les loges, galant.*

Belles personnes,
Rayonnez, fleurissez, soyez des échansonnes
De rêve, d'un sourire enchantez un trépas[2],
Inspirez-nous des vers... mais ne les jugez pas !

---

1. **Oison** : petit d'une oie.
Le mot désigne aussi un homme stupide, car très naïf.
2. **Trépas** : mort.

Un échanson est un domestique chargé de servir le vin. Le mot est ici féminisé par Cyrano : d'après lui, les femmes doivent se contenter de jouer leur rôle de muses, d'inspiratrices, mais ne sont pas capables de juger de la qualité d'une œuvre.

BELLEROSE

Et l'argent qu'il va falloir rendre !

CYRANO, *tournant sa chaise vers la scène.*

Bellerose,
Vous avez dit la seule intelligente chose !
Au manteau de Thespis[1] je ne fais pas de trous :

Il se lève et lançant un sac sur la scène.

Attrapez cette bourse[2] au vol, et taisez-vous !

LA SALLE, *éblouie.*

Ah !... Oh !...

JODELET, *ramassant prestement la bourse et la soupesant.*

À ce prix-là, Monsieur, je t'autorise
À venir chaque jour empêcher *La Clorise* !...

LA SALLE

Hu !... Hu !...

JODELET

Dussions-nous même ensemble être hués !...

BELLEROSE

Il faut évacuer la salle !...

---

1. **Thespis** : poète tragique grec, à qui l'on attribue l'invention de la tragédie. Cyrano veut dire qu'en empêchant Montfleury de jouer, il n'a pas fait de tort à l'art dramatique.
2. **Bourse** : petit sac contenant des pièces d'or.

JODELET

Évacuez !...

On commence à sortir, pendant que Cyrano regarde d'un air satisfait. Mais la foule s'arrête bientôt en entendant la scène suivante, et la sortie cesse. Les femmes qui, dans les loges, étaient déjà debout, leur manteau remis, s'arrêtent pour écouter, et finissent par se rasseoir.

LE BRET, *à Cyrano.*

C'est fou !...

UN FÂCHEUX[1], *qui s'est approché de Cyrano.*

Le comédien Montfleury ! quel scandale
Mais il est protégé par le duc de Candale[2] !
Avez-vous un patron ?

CYRANO

Non !

LE FÂCHEUX

Vous n'avez pas ?...

CYRANO

Non !

1. **Fâcheux** : importun.
2. **Duc de Candale** : célèbre mécène de l'époque, c'est-à-dire un protecteur, un « patron » qui finance les artistes.

LE FÂCHEUX

Quoi, pas un grand seigneur pour couvrir de son nom ?...

CYRANO, *agacé.*

Non, ai-je dit deux fois. Faut-il donc que je trisse[1] ?
Non, pas de protecteur...

La main à son épée.

mais une protectrice !

LE FÂCHEUX

Mais vous allez quitter la ville ?

CYRANO

C'est selon.

LE FÂCHEUX

Mais le duc de Candale a le bras long[2] !

CYRANO

Moins long
Que n'est le mien...

Montrant son épée.

quand je lui mets cette rallonge !

LE FÂCHEUX

Mais vous ne songez pas à prétendre...

1. **Trisse** : dise une troisième fois.
2. **A le bras long** : a beaucoup d'influence et de pouvoir.

CYRANO

J'y songe.

LE FÂCHEUX

Mais...

CYRANO

Tournez les talons, maintenant.

LE FÂCHEUX

Mais...

CYRANO

Tournez !

– Ou dites-moi pourquoi vous regardez mon nez.

LE FÂCHEUX, *ahuri.*

Je...

CYRANO, *marchant sur lui.*

Qu'a-t-il d'étonnant ?

LE FÂCHEUX, *reculant.*

Votre Grâce se trompe...

CYRANO

Est-il mol et ballant, monsieur, comme une trompe ?...

LE FÂCHEUX, *même jeu.*

Je n'ai pas...

CYRANO

Ou crochu comme un bec de hibou ?

LE FÂCHEUX

Je...

CYRANO

Y distingue-t-on une verrue au bout ?

LE FÂCHEUX

Mais...

CYRANO

Ou si quelque mouche, à pas lents, s'y promène ?
Qu'a-t-il d'hétéroclite[1] ?

LE FÂCHEUX

Oh !...

CYRANO

Est-ce un phénomène ?

LE FÂCHEUX

Mais d'y porter les yeux j'avais su me garder !

CYRANO

Et pourquoi, s'il vous plaît, ne pas le regarder ?

1. **Hétéroclite** : bizarre.

LE FÂCHEUX

J'avais...

CYRANO

Il vous dégoûte alors ?

LE FÂCHEUX

Monsieur...

CYRANO

Malsaine

Vous semble sa couleur ?

LE FÂCHEUX

Monsieur !

CYRANO

Sa forme, obscène ?

LE FÂCHEUX

Mais pas du tout !...

CYRANO

Pourquoi donc prendre un air dénigrant ?
– Peut-être que monsieur le trouve un peu trop grand ?

LE FÂCHEUX, *balbutiant.*

Je le trouve petit, tout petit, minuscule !

CYRANO

Hein ? comment ? m'accuser d'un pareil ridicule ?
Petit, mon nez ? Holà !

LE FÂCHEUX

Ciel !

CYRANO

Énorme, mon nez !
– Vil camus, sot camard[1], tête plate, apprenez
Que je m'enorgueillis d'un pareil appendice[2],
Attendu qu'un grand nez est proprement l'indice
D'un homme affable, bon, courtois, spirituel,
Libéral, courageux, tel que je suis, et tel
Qu'il vous est interdit à jamais de vous croire,
Déplorable maraud[3] ! car la face sans gloire
Que va chercher ma main en haut de votre col,
Est aussi dénuée...

Il le soufflette[4].

LE FÂCHEUX

Ay !

CYRANO

De fierté, d'envol,
De lyrisme, de pittoresque ➲, d'étincelle,
De somptuosité, de Nez enfin, que celle...
Il le retourne par les épaules, joignant le geste à la parole.
Que va chercher ma botte au bas de votre dos !

---

1. **Vil** : méprisable ; **camus, camard** : qui a un nez court et plat.
2. **Appendice** : long nez.
3. **Maraud** : insulte synonyme de « coquin ».
4. **Soufflette** : gifle.

➲ **Cyrano évoque les qualités qui, selon lui, font défaut au fâcheux : le lyrisme (l'expression des émotions) et le pittoresque (ce qui, par son aspect séduisant, est digne d'être peint).**

LE FÂCHEUX, *se sauvant.*

Au secours ! À la garde !

CYRANO

Avis donc aux badauds[1]
Qui trouveraient plaisant[2] mon milieu de visage,
Et si plaisantin est noble, mon usage
Est de lui mettre, avant de le laisser s'enfuir,
Par-devant, et plus haut, du fer, et non du cuir ➲ !

DE GUICHE, *qui est descendu de la scène, avec les marquis.*

Mais, à la fin, il nous ennuie !

LE VICOMTE DE VALVERT, *haussant les épaules.*

Il fanfaronne[3] !

DE GUICHE

Personne ne va donc lui répondre ?...

LE VICOMTE

Personne ?
Attendez ! Je vais lui lancer un de ces traits[4] !...

Il s'avance vers Cyrano qui l'observe, et se campant devant lui d'un air fat[5].

Vous... vous avez un nez... heu... un nez... très grand.

1. **Badauds** : niais qui s'amusent de tout.
2. **Plaisant** : amusant.
3. **Fanfaronne** : se vante.
4. **Trait** : mot d'esprit qui ridiculise celui auquel il est adressé.
5. **Fat** : prétentieux.

➲ **Cyrano menace tous ceux qui se risqueraient à se moquer de son nez de se venger par des coups d'épée.**

CYRANO, *gravement.*

Très.

LE VICOMTE, *riant.*

Ha !

CYRANO, *imperturbable.*

C'est tout ?...

LE VICOMTE

Mais...

CYRANO

Ah non ! c'est un peu court, jeune homme !
On pouvait dire... Oh ! Dieu... bien des choses en somme...
En variant le ton, – par exemple, tenez :
Agressif : « Moi, monsieur, si j'avais un tel nez,
Il faudrait sur-le-champ que je me l'amputasse ! »
Amical : « Mais il doit tremper dans votre tasse :
Pour boire, faites-vous fabriquer un hanap[1] ! »
Descriptif : « C'est un roc !... c'est un pic !... c'est un cap !
Que dis-je, c'est un cap ?... C'est une péninsule ! »
Curieux : « De quoi sert cette oblongue[2] capsule ?
D'écritoire, monsieur, ou de boîte à ciseaux ? »
Gracieux : « Aimez-vous à ce point les oiseaux
Que paternellement vous vous préoccupâtes

1. **Hanap** : très grande tasse.
2. **Oblongue** : de forme allongée.

De tendre ce perchoir à leurs petites pattes ? »
Truculent : « Ça, monsieur, lorsque vous pétunez[1],
La vapeur du tabac vous sort-elle du nez
Sans qu'un voisin ne crie au feu de cheminée ? »
Prévenant : « Gardez-vous, votre tête entraînée
Par ce poids, de tomber en avant sur le sol ! »
Tendre : « Faites-lui faire un petit parasol
De peur que sa couleur au soleil ne se fane ! »
Pédant[2] : « L'animal seul, monsieur, qu'Aristophane ➲
Appelle Hippocampelephantocamélos
Dut avoir sous le front tant de chair sur tant d'os ! »
Cavalier[3] : « Quoi, l'ami, ce croc[4] est à la mode ?
Pour pendre son chapeau, c'est vraiment très commode ! »
Emphatique[5] : « Aucun vent ne peut, nez magistral,
T'enrhumer tout entier, excepté le mistral[6] ! »
Dramatique : « C'est la mer Rouge quand il saigne ! »
Admiratif : « Pour un parfumeur, quelle enseigne ! »
Lyrique : « Est-ce une conque ➲, êtes-vous un triton[7] ? »
Naïf : « Ce monument, quand le visite-t-on ? »
Respectueux : « Souffrez, monsieur, qu'on vous salue,
C'est là ce qui s'appelle avoir pignon sur rue[8] ! »

1. **Pétunez** : prisez, fumez du tabac.
2. **Pédant** : prétentieux.
3. **Cavalier** : désinvolte, sans gêne.
4. **Croc** : crochet.
5. **Emphatique** : style grandiloquent, prétentieux.
6. **Mistral** : vent violent et froid qui souffle dans la vallée du Rhône.
7. **Triton** : divinité marine.
8. **Avoir pignon sur rue** : posséder une situation confortable et aisée.

➲ **Aristophane est un dramaturge de l'Antiquité grecque, célèbre pour ses comédies dans lesquelles il invente des mots. Le mot « hippocampelephancamélos » est créé par Rostand à partir des mots *hippocampe*, *éléphant* et *chameau* (« camélos »).**

➲ **Une conque est une grande coquille. Retiens ce mot, car il va apparaître plusieurs fois dans la suite de la scène.**

Cyrano et son nez.

▸ Quels éléments essentiels de la scène 4 de l'acte I retrouve-t-on sur cette illustration ?

▸ À quoi reconnaît-on immédiatement Cyrano ?

▸ Qui sont les personnages assis au balcon, en haut à l'arrière-plan ?

Campagnard : « Hé, ardé ! C'est-y un nez ? Nanain !
C'est queuqu'navet géant ou ben queuqu'melon nain ! »
Militaire : « Pointez contre cavalerie ! »
Pratique : « Voulez-vous le mettre en loterie ?
Assurément, monsieur, ce sera le gros lot ! »
Enfin, parodiant Pyrame[1] en un sanglot :
« Le voilà donc ce nez qui des traits de son maître
A détruit l'harmonie ! Il en rougit, le traître ! »
– Voilà ce qu'à peu près, mon cher, vous m'auriez dit
Si vous aviez un peu de lettres et d'esprit :
Mais d'esprit, ô le plus lamentable des êtres,
Vous n'en eûtes jamais un atome, et de lettres
Vous n'avez que les trois qui forment le mot : sot !
Eussiez-vous eu, d'ailleurs, l'invention qu'il faut
Pour pouvoir là, devant ces nobles galeries,
Me servir toutes ces folles plaisanteries,
Que vous n'en eussiez pas articulé le quart
De la moitié du commencement d'une, car
Je me les sers moi-même, avec assez de verve[2],
Mais je ne permets pas qu'un autre me les serve.

DE GUICHE, *voulant emmener le vicomte pétrifié.*

Vicomte, laissez donc !

1. Pyrame : héros d'une tragédie de Théophile de Viau, intitulée *Pyrame et Thisbé* (1617).
2. Verve : esprit, brio.

LE VICOMTE, *suffoqué.*

Ces grands airs arrogants !
Un hobereau[1] qui... qui... n'a même pas de gants !
Et qui sort sans rubans, sans bouffettes, sans ganses[2] !

CYRANO

Moi, c'est moralement que j'ai mes élégances.
Je ne m'attife[3] pas ainsi qu'un freluquet[4],
Mais je suis plus soigné si je suis moins coquet :
Je ne sortirais pas avec, par négligence,
Un affront pas très bien lavé[5], la conscience
Jaune encor de sommeil dans le coin de son œil,
Un honneur chiffonné, des scrupules[6] en deuil.
Mais je marche sans rien sur moi qui ne reluise,
Empanaché ➲ d'indépendance et de franchise ;
Ce n'est pas une taille avantageuse, c'est
Mon âme que je cambre ainsi qu'en un corset,
Et tout couvert d'exploits qu'en rubans je m'attache,
Retroussant mon esprit ainsi qu'une moustache,
Je fais, en traversant les groupes et les ronds,

1. **Hobereau** : petit noble de campagne.
2. **Bouffettes, ganses** : rubans de différentes formes qui ornaient les habits de l'époque.
3. **M'attife** : me pare ; le mot s'emploie habituellement à propos des femmes, parées de bijoux.
4. **Freluquet** : homme frivole.
5. **Un affront pas très bien lavé** : une insulte dont je ne me serais pas vengé.
6. **Scrupules** : doutes, incertitudes sur le plan moral.

➲ **Empanaché, au sens propre, signifie « garni d'un panache », d'une longue plume. Ici, la métaphore signifie que Cyrano préfère aux ornements matériels la gloire que lui apportent ses qualités morales : l'indépendance et la franchise. La suite de la réplique développe la même idée.**

Sonner les vérités comme des éperons[1].

LE VICOMTE

Mais, monsieur…

CYRANO

Je n'ai pas de gants ?… La belle affaire !
Il m'en restait un seul… d'une très vieille paire !
– Lequel m'était d'ailleurs encor fort importun[2] :
Je l'ai laissé dans la figure de quelqu'un.

LE VICOMTE

Maraud, faquin, butor[3] de pied plat ridicule !

CYRANO, *ôtant son chapeau et saluant comme si le vicomte venait de se présenter.*

Ah ?… Et moi, Cyrano-Savinien-Hercule
De Bergerac.

Rires.

LE VICOMTE, *exaspéré.*

Bouffon !

1. **Éperons** : petites branches de métal fixées aux talons d'un cavalier, avec lesquelles il pique son cheval pour le faire aller plus vite.
2. **Importun** : gênant.
3. **Maraud, faquin, butor** : qualificatifs insultants.

CYRANO, *poussant un cri comme lorsqu'on est saisi d'une crampe.*

Ay !...

LE VICOMTE, *qui remontait, se retournant.*

Qu'est-ce encor qu'il dit ?

CYRANO, *avec des grimaces de douleur.*

Il faut la remuer, car elle s'engourdit...
– Ce que c'est que de la laisser inoccupée ! –
Ay !...

LE VICOMTE

Qu'avez-vous ?

CYRANO

J'ai des fourmis dans mon épée !

LE VICOMTE, *tirant la sienne.*

Soit !...

CYRANO

Je vais vous donner un petit coup charmant.

LE VICOMTE, *méprisant.*

Poète !...

CYRANO

Oui, monsieur, poète ! et tellement,
Qu'en ferraillant je vais – hop ! – à l'improvisade,

Vous composer une ballade[1].

LE VICOMTE

Une ballade ?

CYRANO

Vous ne vous doutez pas de ce que c'est, je crois ?

LE VICOMTE

Mais...

CYRANO, *récitant comme une leçon.*

La ballade, donc, se compose de trois
Couplets de huit vers...

LE VICOMTE, *piétinant.*

Oh !

CYRANO, *continuant.*

Et d'un envoi[2] de quatre...

LE VICOMTE

Vous...

CYRANO

Je vais tout ensemble en faire une et me battre,
Et vous toucher, Monsieur, au dernier vers.

---

1. Ballade : poème composé de trois strophes (« couplets ») semblables et d'une demi-strophe appelée « envoi », dont le premier vers comporte une apostrophe au destinataire de la ballade.
2. Envoi : voir note ci-dessus.

LE VICOMTE

Non !

CYRANO

Non ?

Déclamant.

« Ballade du duel qu'en l'hôtel bourguignon
Monsieur de Bergerac eut avec un bélître[1] ! »

LE VICOMTE

Qu'est-ce que c'est que ça, s'il vous plaît ?

CYRANO

C'est le titre.

LA SALLE, *surexcitée au plus haut point.*

Place ! – Très amusant ! – Rangez-vous ! – Pas de bruits !

Tableau. Cercle de curieux au parterre, les marquis et les officiers mêlés aux bourgeois et aux gens du peuple ; les pages grimpés sur des épaules pour mieux voir. Toutes les femmes debout dans les loges. À droite, de Guiche et ses gentilshommes. À gauche, Le Bret, Ragueneau, Cuigy, etc.

CYRANO, *fermant une seconde les yeux.*

Attendez !... Je choisis mes rimes... Là, j'y suis.

Il fait ce qu'il dit, à mesure.

Je jette avec grâce mon feutre,
Je fais lentement l'abandon
Du grand manteau qui me calfeutre[2],

1. **Belître** : coquin.
2. **Calfeutre** : protège.

Et je tire mon espadon[1] ;
Élégant comme Céladon,
Agile comme Scaramouche,
Je vous préviens, cher Myrmidon,
Qu'à la fin de l'envoi je touche !

Premiers engagements de fer.

Vous auriez bien dû rester neutre ;
Où vais-je vous larder, dindon ?
Dans le flanc, sous votre maheutre[2] ?...
Au cœur, sous votre bleu cordon ?...
– Les coquilles[3] tintent, ding-aon !
Ma pointe voltige : une mouche !
Décidément... c'est au bedon[4],
Qu'à la fin de l'envoi, je touche.

Il me manque une rime en eutre...
Vous rompez, plus blanc qu'amidon[5] ?
C'est pour me fournir le mot pleutre[6] !
Tac ! je pare la pointe dont
Vous espériez me faire don :

1. **Espadon** : épée.
2. **Maheutre** : manche rembourrée qui couvrait le bras de l'épaule jusqu'au coude.
3. **Coquilles** : poignées des épées.
4. **Bedon** : ventre.
5. **Amidon** : substance blanche utilisée dans la blanchisserie.
6. **Pleutre** : homme sans courage, lâche.

Cyrano se compare ici d'abord à Céladon, héros du roman *L'Astrée* d'Honoré d'Urfé, puis à Scaramouche, personnage de la commedia dell'arte célèbre pour son agilité.

Selon la légende, les Myrmidons, peuple de la Grèce antique, étaient nés de la métamorphose de fourmis en hommes. D'où l'emploi de ce mot pour désigner un homme de très petite taille.

Cyrano joue sur le double sens du verbe *larder* qui signifie « mettre des lardons dans une viande ou une volaille », mais aussi « transpercer de coups d'épée ».

J'ouvre la ligne,– je la bouche...
Tiens bien ta broche, Laridon[1] !
À la fin de l'envoi, je touche.

Il annonce solennellement.

ENVOI

Prince, demande à Dieu pardon !
Je quarte du pied, j'escarmouche,
Je coupe, je feinte...

Se fendant[2].

Hé ! là, donc

Le vicomte chancelle ; Cyrano salue.

À la fin de l'envoi, je touche.

Acclamations. Applaudissements dans les loges. Des fleurs et des mouchoirs tombent. Les officiers entourent et félicitent Cyrano. Ragueneau danse d'enthousiasme. Le Bret est heureux et navré. Les amis du vicomte le soutiennent et l'emmènent.

LA FOULE, *en un long cri.*

Ah !...

UN CHEVAU-LÉGER[3]

Superbe !

UNE FEMME

Joli !

1. **Laridon** : chien d'une fable de La Fontaine (VII, 24), qui ne quittait pas la cuisine.
2. **Je quarte, j'escarmouche, je coupe, je feinte, se fendant** : termes techniques utilisés en escrime.
3. **Chevau-léger** : cavalier.

RAGUENEAU

Pharamineux[1] !

UN MARQUIS

Nouveau !

LE BRET

Insensé !

Bousculade autour de Cyrano. On entend.

... Compliments... félicite... bravo...

VOIX DE FEMME

C'est un héros !...

UN MOUSQUETAIRE, *s'avançant vivement vers Cyrano, la main tendue.*

Monsieur, voulez-vous me permettre ?...
C'est tout à fait très bien, et je crois m'y connaître ;
J'ai du reste exprimé ma joie en trépignant !...

Il s'éloigne.

CYRANO, *à Cuigy.*

Comment s'appelle donc ce monsieur ?

1. **Pharamineux (ou faramineux)** : fantastique, prodigieux.

CUIGY

D'Artagnan ➲.

LE BRET, *à Cyrano, lui prenant le bras.*

Çà, causons !...

CYRANO

Laisse un peu sortir cette cohue[1]...

À Bellerose.

Je peux rester ?

BELLEROSE, *respectueusement.*

Mais oui !...

On entend des cris au-dehors.

JODELET, *qui a regardé.*

C'est Montfleury qu'on hue !

BELLEROSE, *solennellement.*

Sic transit[2] !...

Changeant de ton, au portier et au moucheur de chandelles.

Balayez. Fermez. N'éteignez pas.
Nous allons revenir, après notre repas,
Répéter pour demain une nouvelle farce.

Jodelet et Bellerose sortent, après de grands saluts à Cyrano.

1. **Cohue** : foule nombreuse et désordonnée.
2. ***Sic transit*** : premiers mots de l'expression latine *sic transit gloria mundi* (« Ainsi passe la gloire terrestre »), utilisée pour signifier que la gloire est éphémère.

➲ **Homme de guerre français (vers 1611-1673), dont Alexandre Dumas a fait le héros de son célèbre roman *Les Trois Mousquetaires* (1844). Comme Cyrano, d'Artagnan est gascon, et manie l'épée comme personne.**

LE PORTIER, *à Cyrano.*

Vous ne dînez donc pas ?

CYRANO

Moi ?... Non.

Le portier se retire.

LE BRET, *à Cyrano.*

Parce que ?

CYRANO, *fièrement.*

Parce...

Changeant de ton en voyant que le portier est loin.

Que je n'ai pas d'argent !...

LE BRET, *faisant le geste de lancer son sac.*

Comment ! le sac d'écus ?...

CYRANO

Pension paternelle, en un jour, tu vécus !

LE BRET

Pour vivre tout un mois, alors ?...

CYRANO

Rien ne me reste.

LE BRET

Jeter ce sac, quelle sottise !

Le sac jeté avec panache par Cyrano aux comédiens contient tout l'argent légué par son père.

CYRANO
Mais quel geste !...

LA DISTRIBUTRICE, *toussant derrière son petit comptoir.*
Hum !...
Cyrano et Le Bret se retournent. Elle s'avance intimidée.
Monsieur... vous savoir jeûner... le cœur me fend...
Montrant le buffet.
J'ai là tout ce qu'il faut...
Avec élan.
Prenez !

CYRANO, *se découvrant.*
Ma chère enfant,
Encor que mon orgueil de Gascon m'interdise
D'accepter de vos doigts la moindre friandise,
J'ai trop peur qu'un refus ne vous soit un chagrin,
Et j'accepterai donc...
Il va au buffet et choisit.
Oh ! peu de chose ! – un grain
De ce raisin...
Elle veut lui donner la grappe, il cueille un grain.
Un seul !... ce verre d'eau...
Elle veut y verser du vin, il l'arrête.
limpide !
– Et la moitié d'un macaron !
Il rend l'autre moitié.

LE BRET
Mais c'est stupide !

LA DISTRIBUTRICE

Oh ! quelque chose encore !

CYRANO

Oui. La main à baiser.

Il baise, comme la main d'une princesse, la main qu'elle lui tend.

LA DISTRIBUTRICE

Merci, Monsieur.

Révérence.

Bonsoir.

Elle sort.

LECTURE ACTIVE 3

Acte I, scène 4

As-tu bien lu ?

1 Pourquoi Cyrano empêche-t-il Montfleury de jouer ?
(deux réponses à cocher)
☐ parce qu'il juge l'acteur très mauvais
☐ parce que le cardinal le protège
☐ pour une raison qu'il garde secrète

2 Comment Cyrano dédommage-t-il le chef de troupe* ?
Est-il un homme riche ?

3 Du vers 276 à 436, de quoi est-il principalement question ?

4 Complète cette célèbre réplique de Cyrano :
« À la fin de l'envoi,............................. . »

Atelier théâtre

La tirade du nez à plusieurs voix

▸ ***Objectif.*** Dire puis réciter une tirade en chœur, en exprimant les émotions qui la traversent.

▸ ***Préparation.*** Chaque élève tire au sort un papier avec sa réplique, et le sentiment qu'il doit exprimer. Exemple : « Agressif : Moi monsieur, si j'avais un tel nez [...] amputasse ! ». Un volontaire s'empare des trois premiers vers de la tirade : il sera le « chef d'orchestre » de cette tirade à plusieurs voix.

▸ ***Mise en jeu.*** Faire mettre les élèves en cercle, avec le chef d'orchestre au milieu. Celui-ci lance les trois premiers vers puis désigne chaque élève en lançant « Agressif ! », « Amical ! », « Descriptif »... Chacun dit sa réplique en l'adressant au chef d'orchestre. On recommence l'exercice jusqu'à ce que les enchaînements soient fluides.

▸ ***Réfléchir ensemble.*** Quelles difficultés les élèves ont-ils rencontrées ? Ont-ils réussi à bien s'écouter, à se coordonner ?

SCÈNE 5 – CYRANO, LE BRET, *puis* LE PORTIER

CYRANO, *à Le Bret.*

Je t'écoute causer.

Il s'installe devant le buffet, et rangeant devant lui le macaron.

Dîner !...

... le verre d'eau.

Boisson !...

... le grain de raisin.

Dessert !...

Il s'assied.

Là, je me mets à table !

– Ah !... j'avais une faim, mon cher, épouvantable !

Mangeant.

– Tu disais ?

LE BRET

Que ces fats aux grands airs belliqueux[1]
Te fausseront l'esprit si tu n'écoutes qu'eux !...
Va consulter des gens de bon sens, et t'informe
De l'effet qu'a produit ton algarade[2].

CYRANO, *achevant son macaron.*

Énorme.

LE BRET

Le Cardinal[3]...

1. **Belliqueux** : qui cherche le combat.
2. **Algarade** : attaque lancée brusquement contre quelqu'un.
3. **Le Cardinal** : Richelieu, ministre de Louis XIII.

CYRANO, *s'épanouissant.*

Il était là, le Cardinal ?

LE BRET

A dû trouver cela...

CYRANO

Mais très original.

LE BRET

Pourtant...

CYRANO

C'est un auteur[1]. Il ne peut lui déplaire
Que l'on vienne troubler la pièce d'un confrère.

LE BRET

Tu te mets sur les bras, vraiment, trop d'ennemis !

CYRANO, *attaquant son grain de raisin.*

Combien puis-je, à peu près, ce soir, m'en être mis ?

LE BRET

Quarante-huit. Sans compter les femmes.

CYRANO

Voyons, compte !

---

1. Richelieu, passionné par le théâtre, a écrit plusieurs pièces sans les signer.

LE BRET

Montfleury, le bourgeois, de Guiche, le vicomte,
Baro, l'Académie...

CYRANO

Assez ! tu me ravis !

LE BRET

Mais où te mènera la façon dont tu vis ?
Quel système est le tien ?

CYRANO

J'errais dans un méandre[1] ;
J'avais trop de partis, trop compliqués, à prendre ;
J'ai pris...

LE BRET

Lequel ?

CYRANO

Mais le plus simple, de beaucoup.
J'ai décidé d'être admirable, en tout, pour tout !

LE BRET, *haussant les épaules.*

Soit ! – Mais enfin, à moi, le motif de ta haine
Pour Montfleury, le vrai, dis-le-moi !

1. **Méandre** : sinuosité décrite par un cours d'eau ; employé ici au sens figuré, pour signifier des choix difficiles à faire, des détours, des procédés indirects et tortueux.

CYRANO, *se levant.*

Ce Silène ➲,
Si ventru que son doigt n'atteint pas son nombril,
Pour les femmes encor se croit un doux péril,
Et leur fait, cependant qu'en jouant il bredouille,
Des yeux de carpe avec ses gros yeux de grenouille !...
Et je le hais depuis qu'il se permit, un soir,
De poser son regard, sur celle... Oh ! j'ai cru voir
Glisser sur une fleur une longue limace !

LE BRET, *stupéfait.*

Hein ? Comment ? Serait-il possible ?...

CYRANO, *avec un rire amer.*

Que j'aimasse ?

Changeant de ton et gravement.

J'aime.

LE BRET

Et peut-on savoir ? Tu ne m'as jamais dit ?...

CYRANO

Qui j'aime ?... Réfléchis, voyons. Il m'interdit
Le rêve d'être aimé même par une laide,
Ce nez qui d'un quart d'heure en tous lieux me précède ;
Alors moi, j'aime qui ?... Mais cela va de soi !
J'aime – mais c'est forcé ! – la plus belle qui soit !

➲ **Dans la mythologie grecque, Silène est un satyre particulièrement laid.**

LE BRET

La plus belle ?...

CYRANO

Tout simplement, qui soit au monde !
La plus brillante, la plus fine,

Avec accablement.

La plus blonde !

LE BRET

Eh ! mon Dieu, quelle est donc cette femme ?...

CYRANO

Un danger
Mortel sans le vouloir, exquis sans y songer,
Un piège de nature, une rose muscade
Dans laquelle l'amour se tient en embuscade !
Qui connaît son sourire a connu le parfait.
Elle fait de la grâce avec rien, elle fait
Tenir tout le divin dans un geste quelconque,
Et tu ne saurais pas, Vénus, monter en conque,
Ni toi, Diane, marcher dans les grands bois fleuris,
Comme elle monte en chaise et marche dans Paris !...

LE BRET

Sapristi ! je comprends. C'est clair !

CYRANO

C'est diaphane[1].

1. **Diaphane** : clair au point d'être transparent.

Chez les Romains, Vénus est la déesse de l'amour, Diane la déesse de la chasse.

LE BRET

Magdeleine Robin, ta cousine ?

CYRANO

Oui, – Roxane.

LE BRET

Eh bien ! mais c'est au mieux ! Tu l'aimes ? Dis-le-lui !
Tu t'es couvert de gloire à ses yeux aujourd'hui.

CYRANO

Regarde-moi, mon cher, et dis quelle espérance
Pourrait bien me laisser cette protubérance[1] !
Oh ! je ne me fais pas d'illusion ! – Parbleu,
Oui, quelquefois, je m'attendris, dans le soir bleu ;
J'entre en quelque jardin où l'heure se parfume ;
Avec mon pauvre grand diable de nez je hume[2]
L'avril, – je suis des yeux, sous un rayon d'argent,
Au bras d'un cavalier, quelque femme, en songeant
Que pour marcher, à petits pas dans de la lune,
Aussi moi j'aimerais au bras en avoir une,
Je m'exalte, j'oublie... et j'aperçois soudain
L'ombre de mon profil sur le mur du jardin !

LE BRET, *ému.*

Mon ami !...

---

1. Cette protubérance : Cyrano parle de son nez, qui l'enlaidit terriblement.
2. Je hume : je respire l'odeur de.

CYRANO

Mon ami, j'ai de mauvaises heures !
De me sentir si laid, parfois, tout seul...

LE BRET, *vivement, lui prenant la main.*

Tu pleures ?

CYRANO

Ah ! non, cela, jamais ! Non, ce serait trop laid,
Si le long de ce nez une larme coulait !
Je ne laisserai pas, tant que j'en serai maître,
La divine beauté des larmes se commettre
Avec tant de laideur grossière !... Vois-tu bien,
Les larmes, il n'est rien de plus sublime, rien,
Et je ne voudrais pas qu'excitant la risée,
Une seule, par moi, fût ridiculisée !...

LE BRET

Va, ne t'attriste pas ! L'amour n'est que hasard !

CYRANO, *secouant la tête.*

Non ! J'aime Cléopâtre : ai-je l'air d'un César ?
J'adore Bérénice : ai-je l'aspect d'un Tite ?

LE BRET

Mais ton courage ! ton esprit ! – Cette petite
Qui t'offrait là, tantôt, ce modeste repas,
Ses yeux, tu l'as bien vu, ne te détestaient pas !

César et Tite (ou Titus) ont régné sur l'empire de Rome, le premier au Ier siècle av. J.-C., le second au Ier siècle apr. J.-C. Cléopâtre fut reine d'Égypte, et amante de César. Bérénice, reine de Palestine, fut aimée de Titus, empereur de Rome.

CYRANO, *saisi.*

C'est vrai !

LE BRET

Hé ! bien ! alors ?... Mais Roxane, elle-même,
Toute blême[1] a suivi ton duel !...

CYRANO

Toute blême ?

LE BRET

Son cœur et son esprit déjà sont étonnés !
Ose, et lui parle[2], afin...

CYRANO

Qu'elle me rie au nez ?
Non ! – C'est la seule chose au monde que je craigne !

LE PORTIER, *introduisant quelqu'un, à Cyrano.*

Monsieur, ou vous demande...

CYRANO, *voyant la duègne.*

Ah ! mon Dieu ! Sa duègne !

SCÈNE 6 – CYRANO, LE BRET, LA DUÈGNE

LA DUÈGNE, *avec un grand salut.*

De son vaillant cousin on[3] désire savoir

---

1. **Blême** : pâle.
2. **Lui parle** : parle-lui.
3. **On** : désigne Roxane, qui n'est pas citée pour ne pas être compromise.

Où l'on peut, en secret, le voir.

CYRANO, *bouleversé.*

Me voir ?

LA DUÈGNE, *avec une révérence.*

Vous voir.

– On a des choses à vous dire.

CYRANO

Des ?...

LA DUÈGNE, *nouvelle révérence.*

Des choses !

CYRANO, *chancelant.*

Ah ! mon Dieu !

LA DUÈGNE

L'on ira, demain, aux primes roses[1]
D'aurore, – ouïr la messe à Saint-Roch[2].

CYRANO, *se soutenant sur Le Bret.*

Ah ! mon Dieu !

LA DUÈGNE

En sortant, – où peut-on entrer, causer un peu ?

---

1. **Aux primes roses** : aux premières heures du jour.
2. **Ouïr** : entendre ; **Saint-Roch** : une des églises de Paris.

CYRANO, *affolé.*

Où ?... Je... mais... Ah ! mon Dieu !...

LA DUÈGNE

Dites vite.

CYRANO

Je cherche !...

LA DUÈGNE

Où ?...

CYRANO

Chez... chez... Ragueneau... le pâtissier...

LA DUÈGNE

Il perche[1] ?

CYRANO

Dans la rue – Ah ! mon Dieu, mon Dieu ! – Saint-Honoré !...

LA DUÈGNE, *remontant.*

On ira. Soyez-y. Sept heures.

CYRANO

J'y serai.

La duègne sort.

1. **Il perche** : il habite (terme familier).

SCÈNE 7 – CYRANO, LE BRET, *puis* LES COMÉDIENS, LES COMÉDIENNES, CUIGY, BRISSAILLE, LIGNIÈRE, LE PORTIER, LES VIOLONS

CYRANO, *tombant dans les bras de Le Bret.*
Moi !... D'elle !... Un rendez-vous !...

LE BRET
Eh bien, tu n'es plus triste ?

CYRANO
Ah ! pour quoi que ce soit, elle sait que j'existe !

LE BRET
Maintenant, tu vas être calme ?

CYRANO, *hors de lui.*
Maintenant...
Mais je vais être frénétique et fulminant[1] !
Il me faut une armée entière à déconfire[2] !
J'ai dix cœurs ; j'ai vingt bras ; il ne peut me suffire
De pourfendre des nains...
Il crie à tue-tête.
Il me faut des géants !
Depuis un moment, sur la scène, au fond, des ombres de comédiens et de comédiennes s'agitent, chuchotent : on commence à répéter. Les violons ont repris leur place.

---

1. **Frénétique** : dans un état d'exaltation extrême, pris de fureur ; **fulminant** : qui éclate en menaces sous l'empire de la colère.
2. **Déconfire** : vaincre, mettre en déroute.

UNE VOIX, *de la scène.*

Hé ! pst ! là-bas ! Silence ! on répète céans[1] !

CYRANO, *riant.*

Nous partons !

Il remonte ; par la grande porte du fond entrent Cuigy, Brissaille, plusieurs officiers qui soutiennent Lignière complètement ivre.

CUIGY

Cyrano !

CYRANO

Qu'est-ce ?

CUIGY

Une énorme grive

Qu'on t'apporte !

CYRANO, *le reconnaissant.*

Lignière !... Hé, qu'est-ce qui t'arrive ?

CUIGY

Il te cherche !

BRISSAILLE

Il ne peut rentrer chez lui !

CYRANO

Pourquoi ?

1. Céans : ici.

La grive est un oiseau, mais le terme s'emploie aussi à propos d'un homme qui a trop bu : Lignière est complètement saoul, au point qu'il a du mal à parler.

LIGNIÈRE, *d'une voix pâteuse,*
lui montrant un billet tout chiffonné.

Ce billet m'avertit... cent hommes contre moi...
À cause de... chanson... grand danger me menace...
Porte de Nesle... Il faut, pour rentrer, que j'y passe...
Permets-moi donc d'aller coucher sous... sous ton toit !

CYRANO

Cent hommes, m'as-tu dit ? Tu coucheras chez toi !

LIGNIÈRE, *épouvanté.*

Mais...

CYRANO, *d'une voix terrible, lui montrant la lanterne allumée*
que le portier balance en écoutant curieusement cette scène.

Prends cette lanterne !...

Lignière saisit précipitamment la lanterne.

Et marche ! – Je te jure
Que c'est moi qui ferai ce soir ta couverture !...

Aux officiers.

Vous, suivez à distance, et vous serez témoins !

CUIGY

Mais cent hommes !...

CYRANO

Ce soir, il ne m'en faut pas moins !

Les comédiens et les comédiennes, descendus de scène, se sont rapprochés dans leurs divers costumes.

LE BRET

Mais pourquoi protéger...

CYRANO

Voilà Le Bret qui grogne !

LE BRET

Cet ivrogne banal ?...

CYRANO, *frappant sur l'épaule de Lignière.*

Parce que cet ivrogne,
Ce tonneau de muscat, ce fût de rossoli[1],
Fit quelque chose un jour de tout à fait joli :
Au sortir d'une messe ayant, selon le rite,
Vu celle qu'il aimait prendre de l'eau bénite,
Lui que l'eau fait sauver, courut au bénitier,
Se pencha sur sa conque et le but tout entier !...

UNE COMÉDIENNE, *en costume de soubrette*[2].

Tiens ! c'est gentil, cela !

CYRANO

N'est-ce pas, la soubrette ?

LA COMÉDIENNE, *aux autres.*

Mais pourquoi sont-ils cent contre un pauvre poète ?

CYRANO

Marchons !

1. **Muscat, rossoli** : vins liquoreux.
2. **Soubrette** : servante.

Aux officiers.

Et vous, messieurs, en me voyant charger,
Ne me secondez pas, quel que soit le danger !

UNE AUTRE COMÉDIENNE, *sautant de la scène.*

Oh ! mais, moi, je vais voir !

CYRANO

Venez !...

UNE AUTRE, *sautant aussi, à un vieux comédien.*

Viens-tu, Cassandre ?...

CYRANO

Venez tous, le Docteur, Isabelle, Léandre[1],
Tous ! Car vous allez joindre, essaim charmant et fol,
La farce italienne à ce drame espagnol,
Et, sur son ronflement tintant un bruit fantasque,
L'entourer de grelots comme un tambour de basque !...

TOUTES LES FEMMES, *sautant de joie.*

Bravo ! – Vite, une mante[2] ! – Un capuchon !

JODELET

Allons !

---

1. **Le Docteur, Isabelle, Léandre** : personnages de la commedia dell'arte.
2. **Mante** : sorte de cape portée sur les épaules, par-dessus les vêtements.

CYRANO, *aux violons.*

Vous nous jouerez un air, messieurs les violons !

Les violons se joignent au cortège qui se forme. On s'empare des chandelles allumées de la rampe et on se les distribue. Cela devient une retraite aux flambeaux[1].

Bravo ! des officiers, des femmes en costume,
Et vingt pas en avant...

Il se place comme il dit.

Moi, tout seul, sous la plume
Que la gloire elle-même à ce feutre piqua,
Fier comme un Scipion triplement Nasica ➲ !
– C'est compris ? Défendu de me prêter main-forte ! –
On y est ?... Un, deux, trois ! Portier, ouvre la porte !

Le portier ouvre à deux battants.

Un coin du vieux Paris pittoresque et lunaire paraît.

Ah !... Paris fuit, nocturne et quasi nébuleux[2] ;
Le clair de lune coule aux pentes des toits bleus ;
Un cadre se prépare, exquis, pour cette scène ;
Là-bas, sous des vapeurs en écharpe, la Seine,
Comme un mystérieux et magique miroir,
Tremble... Et vous allez voir ce que vous allez voir !

TOUS

À la porte de Nesle !

1. **Retraite aux flambeaux** : défilé éclairé de bougies.
2. **Nébuleux** : chargé de nuages.

➲ **Les Scipion, illustre famille romaine dont plusieurs membres s'illustrèrent par leur bravoure, avaient pour surnom « Nasica », « qui a le nez mince et pointu ».**

CYRANO, *debout sur le seuil.*

À la porte de Nesle !

Se retournant avant de sortir, à la soubrette.

Ne demandiez-vous pas pourquoi, mademoiselle,
Contre ce seul rimeur cent hommes furent mis ?

Il tire l'épée et, tranquillement.

C'est parce qu'on savait qu'il est de mes amis !

Il sort. Le cortège – Lignière zigzaguant en tête, – puis les comédiennes aux bras des officiers, – puis les comédiens gambadant, – se met en marche dans la nuit au son des violons, et à la lueur falote[1] *des chandelles.*

RIDEAU

1. **Falote** : pâle.

Acte II

La rôtisserie des poètes

La boutique de Ragueneau, rôtisseur-pâtissier, vaste ouvroir[1] *au coin de la rue Saint-Honoré et de la rue de l'Arbre-Sec, qu'on aperçoit largement au fond, par le vitrage de la porte, grises dans les premières lueurs de l'aube.*

À gauche, premier plan, comptoir surmonté d'un dais[2] *en fer forgé, auquel sont accrochés des oies, des canards, des paons blancs. Dans de grands vases de faïence, de hauts bouquets de fleurs naïves, principalement des tournesols jaunes. Du même côté, second plan, immense cheminée devant laquelle, entre de monstrueux chenets*[3]*, dont chacun supporte une petite marmite, les rôtis pleurent dans les lèchefrites*[4]*.*

À droite, premier plan avec porte. Deuxième plan, un escalier montant à une petite salle en soupente[5]*, dont on aperçoit l'intérieur par des volets ouverts ; une table y est dressée, un menu lustre flamand y luit : c'est un réduit*[6] *où l'on va manger et boire. Une galerie de bois, faisant suite à l'escalier, semble mener à d'autres petites salles analogues.*

Au milieu de la rôtisserie, un cercle de fer que l'on peut faire descendre avec une corde, et auquel de grosses pièces sont accrochées, fait un lustre de gibier.

---

1. **Ouvroir** : atelier.
2. **Dais** : sorte de toit démontable.
3. **Chenets** : pièces métalliques placées dans une cheminée, sur lesquelles on pose les bûches.
4. **Lèchefrite** : sorte de plat placé sous les rôtis pour en recueillir la graisse pendant la cuisson.
5. **En soupente** : sous les toits.
6. **Réduit** : petite pièce.

Les fours, dans l'ombre, sous l'escalier, rougeoient. Des cuivres étincellent. Des broches tournent. Des pièces montées pyramident, des jambons pendent. C'est le coup de feu[1] *matinal. Bousculade de marmitons*[2] *effarés, d'énormes cuisiniers et de minuscules gâte-sauces*[3]*. Foisonnement de bonnets à plume de poulet ou à aile de pintade. On apporte, sur des plaques de tôle et des clayons d'osier*[4]*, des quinconces*[5] *de brioches, des villages de petits fours.*

Des tables sont couvertes de gâteaux et de plats. D'autres, entourées de chaises, attendent les mangeurs et les buveurs. Une plus petite, dans un coin, disparaît sous les papiers. Ragueneau y est assis au lever du rideau, il écrit.

SCÈNE 1 – RAGUENEAU, PÂTISSIERS, *puis* LISE ;
Ragueneau, à la petite table, écrivant d'un air inspiré, et comptant sur ses doigts.

PREMIER PÂTISSIER, *apportant une pièce montée.*

Fruits en nougat !

DEUXIÈME PÂTISSIER, *apportant un plat.*

Flan !

TROISIÈME PÂTISSIER, *apportant un rôti paré de plumes.*

Paon !

1. **Coup de feu** : moment où il y a le plus d'activité.
2. **Marmitons** : cuisiniers.
3. **Gâte-sauce** : mauvais cuisinier.
4. **Clayons** : petites plaques de paille servant à faire sécher les fromages, les fruits.
5. **Quinconces** : rangées.

QUATRIÈME PÂTISSIER, *apportant une plaque de gâteaux.*
Roinsoles[1] !

CINQUIÈME PÂTISSIER, *apportant une sorte de terrine.*
Bœuf en daube !

RAGUENEAU, *cessant d'écrire et levant la tête.*
Sur les cuivres, déjà, glisse l'argent de l'aube !
Étouffe en toi le dieu qui chante, Ragueneau !
L'heure du luth viendra, – c'est l'heure du fourneau !
Il se lève. – À un cuisinier.
Vous, veuillez m'allonger cette sauce, elle est courte !

LE CUISINIER
De combien ?

RAGUENEAU
De trois pieds
Il passe.

LE CUISINIER
Hein ?

PREMIER PÂTISSIER
La tarte !

1. **Roinsoles** : beignets.

Ragueneau attend avec impatience qu'à « l'heure du fourneau » (le travail en cuisine) succède « l'heure du luth » (c'est-à-dire de la poésie) : dans tout le passage, il s'adresse à ses cuisiniers en utilisant le vocabulaire technique de la poésie, comme si les plats étaient des poèmes.

DEUXIÈME PÂTISSIER

La tourte !

RAGUENEAU, *devant la cheminée.*

Ma Muse, éloigne-toi, pour que tes yeux charmants
N'aillent pas se rougir au feu de ces sarments[1] !

À un pâtissier, lui montrant des pains.

Vous avez mal placé la fente de ces miches :
Au milieu la césure, – entre les hémistiches[2] !

À un autre, lui montrant un pâté inachevé.

À ce palais de croûte, il faut, vous, mettre un toit...

À un jeune apprenti, qui, assis par terre, embroche des volailles.

Et toi, sur cette broche interminable, toi,
Le modeste poulet et la dinde superbe,
Alterne-les, mon fils, comme le vieux Malherbe[3]
Alternait les grands vers avec les plus petits,
Et fais tourner au feu des strophes de rôtis !

UN AUTRE APPRENTI, *s'avançant avec un plateau recouvert d'une assiette.*

Maître, en pensant à vous, dans le four, j'ai fait cuire
Ceci, qui vous plaira, je l'espère.

Il découvre le plateau, on voit une grande lyre[4] de pâtisserie.

1. **Sarments** : rameaux de vigne servant à alimenter le feu du four.
2. **Hémistiche** : chacune des moitiés d'un vers coupé par la césure (pause à l'intérieur du vers) ; dans l'alexandrin, chaque hémistiche compte six syllabes.
3. **Malherbe (1555-1628)** : célèbre poète français, soucieux d'harmonie et de clarté.
4. **Lyre** : instrument de musique, symbole du chant poétique.

RAGUENEAU, *ébloui.*

Une lyre !

L'APPRENTI

En pâte de brioche.

RAGUENEAU, *ému.*

Avec des fruits confits !

L'APPRENTI

Et les cordes, voyez, en sucre je les fis.

RAGUENEAU, *lui donnant de l'argent.*

Va boire à ma santé !

Apercevant Lise qui entre.

Chut ! ma femme ! Circule,

Et cache cet argent !

À Lise, lui montrant la lyre d'un air gêné.

C'est beau ?

LISE

C'est ridicule !

Elle pose sur le comptoir une pile de sacs en papier.

RAGUENEAU

Des sacs ?... Bon. Merci.

Il les regarde.

Ciel ! Mes livres vénérés !

Les vers de mes amis ! déchirés ! démembrés !
Pour en faire des sacs à mettre des croquantes[1]...
Ah vous renouvelez Orphée et les bacchantes ➲ !

LISE, *sèchement.*

Et n'ai-je pas le droit d'utiliser vraiment
Ce que laissent ici, pour unique paiement,
Vos méchants écriveurs de lignes inégales !

RAGUENEAU

Fourmi !... n'insulte pas ces divines cigales !

LISE

Avant de fréquenter ces gens-là, mon ami,
Vous ne m'appeliez pas bacchante, – ni fourmi !

RAGUENEAU

Avec des vers, faire cela !

LISE

Pas autre chose.

RAGUENEAU

Que faites-vous alors, madame, avec la prose ?

1. **Croquantes** : gâteaux aux amandes.

➲ **Dans la mythologie, les bacchantes, prêtresses du dieu Bacchus, dépecèrent le poète Orphée. Par cette métaphore précieuse, Ragueneau reproche à sa femme d'avoir mis en pièces ses livres pour en faire des sacs.**

SCÈNE 2 – Les mêmes, deux enfants, *qui viennent d'entrer dans la pâtisserie.*

Ragueneau

Vous désirez, petits ?

Premier enfant

Trois pâtés.

Ragueneau, *les servant.*

Là, bien roux…

Et bien chauds.

Deuxième enfant

S'il vous plaît, enveloppez-les-nous ?

Ragueneau, *saisi, à part.*

Hélas ! un de mes sacs !

Aux enfants.

Que je les enveloppe ?…

Il prend un sac et, au moment d'y mettre les pâtés, il lit.

« Tel Ulysse, le jour qu'il quitta Pénélope [➲]… »
Pas celui-ci !…

Il le met de côté et en prend un autre.
Au moment d'y mettre les pâtés, il lit.

➲ **Ulysse et son épouse Pénélope sont le couple mythique de l'*Odyssée* d'Homère. Au retour de la guerre de Troie, après un long voyage semé d'embûches, Ulysse finit par retrouver son royaume d'Ithaque et Pénélope qui l'y attendait fidèlement.**

« Le blond Phœbus[1]... » Pas celui-là !

Même jeu.

LISE, *impatientée.*

Eh bien ! qu'attendez-vous ?

RAGUENEAU

Voilà, voilà, voilà !

Il en prend un troisième et se résigne.

Le sonnet[2] à Philis !... mais c'est dur tout de même !

LISE

C'est heureux qu'il se soit décidé !

Haussant les épaules.

Nicodème[3] !

Elle monte sur une chaise et se met à ranger des plats sur une crédence[4].

RAGUENEAU, *profitant de ce qu'elle tourne le dos, rappelle les enfants déjà à la porte.*

Pst !... Petits !... Rendez-moi le sonnet à Philis,
Au lieu de trois pâtés, je vous en donne six.

Les enfants lui rendent le sac, prennent vivement les gâteaux et sortent. Ragueneau, défripant le papier, se met à lire en déclamant.

---

1. **Phœbus (ou Phébus)** : surnom latin du dieu grec Apollon.
2. **Sonnet** : poème à forme fixe, composé de deux quatrains et de deux tercets.
3. **Nicodème** : nom propre devenu nom commun pour désigner un homme grossier et niais.
4. **Crédence** : buffet.

« Philis !... » Sur ce doux nom, une tache de beurre !...
« Philis !... »

Cyrano entre brusquement.

SCÈNE 3 – RAGUENEAU, LISE, CYRANO, *puis* LE MOUSQUETAIRE

CYRANO

Quelle heure est-il ?

RAGUENEAU, *le saluant avec empressement.*

Six heures.

CYRANO, *avec émotion.*

Dans une heure !

Il va et vient dans la boutique.

RAGUENEAU, *le suivant.*

Bravo ! J'ai vu...

CYRANO

Quoi donc ?

RAGUENEAU

Votre combat !...

Cyrano ignore encore si le cuisinier évoque son duel de la veille, au théâtre, avec le « fâcheux », ou le combat qu'il a mené, plus tard dans la nuit à la tour de Nesle, pour défendre Lignière.

CYRANO

Lequel ?

RAGUENEAU

Celui de l'hôtel de Bourgogne !

CYRANO, *avec dédain.*

Ah !... Le duel !...

RAGUENEAU, *admiratif.*

Oui, le duel en vers !...

LISE

Il en a plein la bouche !

CYRANO

Allons ! tant mieux !

RAGUENEAU, *se fendant*[1] *avec une broche qu'il a saisie.*

« À la fin de l'envoi, je touche !...
À la fin de l'envoi, je touche !... » Que c'est beau !
Avec un enthousiasme croissant.
« À la fin de l'envoi... »

CYRANO

Quelle heure, Ragueneau ?

1. **Se fendant** : portant vivement une jambe en avant pour toucher l'adversaire (terme d'escrime).

RAGUENEAU, *restant fendu pour regarder l'horloge.*

Six heures cinq !... « ... je touche ! »

Il se relève.

... Oh ! faire une ballade !

LISE, *à Cyrano, qui en passant devant son comptoir lui a serré distraitement la main.*

Qu'avez-vous à la main ?

CYRANO

Rien. Une estafilade[1].

RAGUENEAU

Courûtes-vous quelque péril[2] ?

CYRANO

Aucun péril.

LISE, *le menaçant du doigt.*

Je crois que vous mentez !

CYRANO

Mon nez remuerait-il ?
Il faudrait que ce fût pour un mensonge énorme !

Changeant de ton.

J'attends ici quelqu'un. Si ce n'est pas sous l'orme[3],
Vous nous laisserez seuls.

---

1. **Estafilade** : coupure.
2. **Péril** : danger.
3. **Si ce n'est pas sous l'orme** : si ce n'est pas un rendez-vous pour rien.

RAGUENEAU

C'est que je ne peux pas ;
Mes rimeurs vont venir...

LISE, *ironique.*

Pour leur premier repas.

CYRANO

Tu les éloigneras quand je te ferai signe...
L'heure ?

RAGUENEAU

Six heures dix.

CYRANO, *s'asseyant nerveusement à la table de Ragueneau et prenant du papier.*

Une plume ?...

RAGUENEAU, *lui offrant celle qu'il a à son oreille.*

De cygne.

UN MOUSQUETAIRE, *superbement moustachu, entre et d'une voix de stentor*[1].

Salut !

Lise remonte vivement vers lui.

CYRANO, *se retournant.*

Qu'est-ce ?

1. **Voix de stentor** : voix grave et forte.

RAGUENEAU

Un ami de ma femme. Un guerrier
Terrible, – à ce qu'il dit !...

CYRANO, *reprenant la plume et éloignant du geste Ragueneau.*

Chut !...

À lui-même.

Écrire, – plier. –
Lui donner, – me sauver...

Jetant la plume.

Lâche !... Mais que je meure,
Si j'ose lui parler, lui dire un seul mot...

À Ragueneau.

L'heure ?

RAGUENEAU

Six et quart !...

CYRANO, *frappant sa poitrine.*

... un seul mot de tous ceux que j'ai là !
Tandis qu'en écrivant...

Il reprend la plume.

Eh bien ! écrivons-la,
Cette lettre d'amour qu'en moi-même j'ai faite
Et refaite cent fois, de sorte qu'elle est prête,
Et que mettant mon âme à côté du papier,
Je n'ai tout simplement qu'à la recopier.

Il écrit. – Derrière le vitrage de la porte on voit s'agiter des silhouettes maigres et hésitantes.

SCÈNE 4 – RAGUENEAU, LISE, LE MOUSQUETAIRE, CYRANO, *à la petite table, écrivant ;* LES POÈTES, *vêtus de noir, les bas tombants, couverts de boue.*

LISE *entrant, à Ragueneau.*

Les voici, vos crottés[1] !

PREMIER POÈTE, *entrant, à Ragueneau.*

Confrère !...

DEUXIÈME POÈTE, *de même, lui secouant les mains.*

Cher confrère !

TROISIÈME POÈTE

Aigle des pâtissiers ➲ !

Il renifle.

Ça sent bon dans votre aire[2].

QUATRIÈME POÈTE

Ô Phœbus-Rôtisseur !

CINQUIÈME POÈTE

Apollon maître-queux[3] !

RAGUENEAU, *entouré, embrassé, secoué.*

Comme on est tout de suite à son aise avec eux !...

1. **Vos crottés** : vos hommes sales.
2. **Aire** : nid de l'aigle.
3. **Maître-queux** : cuisinier.

➲ **Pour plaire à Ragueneau, les poètes utilisent des métaphores filées. Ils louent le pâtissier en le comparant d'abord à un « aigle », puis au dieu Apollon (ou « Phœbus »).**

PREMIER POÈTE

Nous fûmes retardés par la foule attroupée
À la porte de Nesle !...

DEUXIÈME POÈTE

Ouverts à coups d'épée,
Huit malandrins[1] sanglants illustraient les pavés !

CYRANO, *levant une seconde la tête.*

Huit ?... Tiens, je croyais sept.

Il reprend sa lettre.

RAGUENEAU, *à Cyrano.*

Est-ce que vous savez
Le héros du combat ?

CYRANO, *négligemment.*

Moi ?... Non !

LISE, *au mousquetaire.*

Et vous ?

LE MOUSQUETAIRE, *se frisant la moustache.*

Peut-être !

CYRANO, *écrivant à part,*
on l'entend murmurer de temps en temps.

Je vous aime...

---

1. **Malandrins** : brigands, voleurs.

PREMIER POÈTE

Un seul homme, assurait-on, sut mettre
Toute une bande en fuite !...

DEUXIÈME POÈTE

Oh ! c'était curieux
Des piques, des bâtons jonchaient le sol !...

CYRANO, *écrivant.*

... vos yeux...

TROISIÈME POÈTE

On trouvait des chapeaux jusqu'au quai des Orfèvres !

PREMIER POÈTE

Sapristi ! ce dut être un féroce...

CYRANO, *même jeu.*

... vos lèvres...

PREMIER POÈTE

Un terrible géant, l'auteur de ces exploits !

CYRANO, *même jeu.*

... *Et je m'évanouis de peur quand je vous vois.*

DEUXIÈME POÈTE, *happant un gâteau.*

Qu'as-tu rimé de neuf, Ragueneau ?

CYRANO

... qui vous aime...

Il s'arrête au moment de signer, et se lève, mettant sa lettre dans son pourpoint.

Pas besoin de signer. Je la donne moi-même.

RAGUENEAU, *au deuxième poète.*

J'ai mis une recette en vers.

TROISIÈME POÈTE, *s'installant près d'un plateau de choux à la crème.*

Oyons[1] ces vers !

QUATRIÈME POÈTE, *regardant une brioche qu'il a prise.*

Cette brioche a mis son bonnet de travers.

Il la décoiffe d'un coup de dent.

PREMIER POÈTE

Ce pain d'épice suit le rimeur famélique[2],
De ses yeux en amande aux sourcils d'angélique[3] !

Il happe le morceau de pain d'épice.

DEUXIÈME POÈTE

Nous écoutons.

TROISIÈME POÈTE, *serrant légèrement un chou entre ses doigts.*

Ce chou bave sa crème. Il rit.

---

1. **Oyons** : écoutons.
2. **Famélique** : qui ne mange pas à sa faim.
3. **Angélique** : plante dont la tige, confite, est utilisée en pâtisserie.

DEUXIÈME POÈTE, *mordant à même la grande lyre de pâtisserie.*
Pour la première fois la Lyre me nourrit !

RAGUENEAU, *qui s'est préparé à réciter,*
qui a toussé, assuré son bonnet, pris une pose.
Une recette en vers...

DEUXIÈME POÈTE, *au premier, lui donnant un coup de coude.*
Tu déjeunes ?

PREMIER POÈTE, *au deuxième.*
Tu dînes ?

RAGUENEAU

Comment on fait les tartelettes amandines.
Battez, pour qu'ils soient mousseux,
Quelques œufs ;
Incorporez à leur mousse
Un jus de cédrat[1], choisi ;
Versez-y
Un bon lait d'amande douce ;

Mettez de la pâte à flan
Dans le flanc
De moules à tartelette ;
D'un doigt preste[2], abricotez[3]
Les côtés ;

1. **Cédrat** : citron sauvage utilisé en pâtisserie, en confiserie, et en parfumerie.
2. **Preste** : agile.
3. **Abricotez** : nappez d'abricots et de sucre.

Le poète fait allusion à la pauvreté dans laquelle il vit, car l'exercice de son art ne suffit pas à le nourrir.

Versez goutte à gouttelette
Votre mousse en ces puits, puis
    Que ces puits
Passent au four, et, blondines[1],
Sortant en gais troupelets[2],
    Ce sont les
Tartelettes amandines !

LES POÈTES, *la bouche pleine.*

Exquis ! Délicieux !

UN POÈTE, *s'étouffant.*

Homph !

Ils remontent vers le fond, en mangeant.
Cyrano, qui a observé, s'avance vers Ragueneau.

CYRANO

Bercés par ta voix,
Ne vois-tu pas comme ils s'empiffrent ?

RAGUENEAU, *plus bas, avec un sourire.*

Je le vois...
Sans regarder, de peur que cela ne les trouble ;
Et dire ainsi mes vers me donne un plaisir double,
Puisque je satisfais un doux faible[3] que j'ai
Tout en laissant manger ceux qui n'ont pas mangé !

---

1. **Blondines** : dorées.
2. **Troupelets** : petits troupeaux.
3. **Un doux faible** : une douce passion.

CYRANO, *lui frappant sur l'épaule.*
Toi, tu me plais !...
Ragueneau va rejoindre ses amis.
Cyrano le suit des yeux, puis un peu brusquement.
Hé là, Lise ?
Lise, en conversation tendre avec le mousquetaire,
tressaille et descend vers Cyrano.
Ce capitaine...
Vous assiège ?

LISE, *offensée.*
Oh ! mes yeux, d'une œillade hautaine
Savent vaincre quiconque attaque mes vertus.

CYRANO
Euh ! pour des yeux vainqueurs, je les trouve battus.

LISE, *suffoquée.*
Mais...

CYRANO, *nettement.*
Ragueneau me plaît. C'est pourquoi, dame Lise,
Je défends que quelqu'un le ridicoculise[1].

LISE
Mais...

1. **Ridicoculise** : le ridiculise en le faisant cocu.
Ce mot est inventé par l'auteur.

CYRANO, *qui a élevé la voix assez pour être entendu du galant.*

À bon entendeur...

Il salue le mousquetaire, et va se mettre en observation, à la porte du fond, après avoir regardé l'horloge.

LISE, *au mousquetaire qui a simplement rendu son salut à Cyrano.*

Vraiment, vous m'étonnez !...
Répondez... sur son nez...

LE MOUSQUETAIRE

Sur son nez... sur son nez...

Il s'éloigne vivement, Lise le suit.

CYRANO, *de la porte du fond, faisant signe à Ragueneau d'emmener les poètes.*

Pst !...

RAGUENEAU, *montrant aux poètes la porte de droite.*

Nous serons bien mieux par là...

CYRANO, *s'impatientant.*

Pst ! pst !...

RAGUENEAU, *les entraînant.*

Pour lire
Des vers...

PREMIER POÈTE, *désespéré, la bouche pleine.*

Mais les gâteaux !...

DEUXIÈME POÈTE

Emportons-les !

Ils sortent tous derrière Ragueneau, processionnellement[1], et après avoir fait une rafle de plateaux.

Cyrano de Bergerac, *mise en scène de Jacques Weber au théâtre de Bobigny, décembre 2001. Avec Xavier Gallais (Cyrano) et Loïc Corbery (Christian).*

- Quels sont les personnages représentés sur cette photographie ?
- Décris l'attitude de chacun d'eux, notamment par rapport à Cyrano.

1. **Processionnellement** : comme une procession.

LECTURE ACTIVE 4

Acte II, scènes 2 à 4

As-tu bien lu ?

1 Qu'a-t-on appris à la fin de l'acte I ?
☐ que Cyrano est amoureux de Roxane
☐ que Roxane est éprise de Cyrano
☐ que Roxane souhaite voir Cyrano
☐ qu'ils vont se rencontrer chez Ragueneau

2 Scène 4, vers 696 à 704 : quelles sont les deux actions qui se déroulent en parallèle ? (deux réponses à cocher)
☐ Cyrano écrit une lettre d'amour.
☐ Ragueneau met une recette en vers.
☐ Les poètes rapportent un combat qui vient de se dérouler.
☐ Les poètes s'empiffrent de pâtisseries.

Atelier théâtre

Les pâtisseries de Ragueneau

▶ ***Objectif.*** Travailler son imagination et sa mémoire sensorielle.

▶ ***Préparation.*** En s'appuyant sur le texte, dresser la liste des pâtisseries servies chez Ragueneau. Les élèves peuvent penser à d'autres gâteaux qu'ils aiment ou, au contraire, détestent.

▶ ***Mise en jeu.*** Former un cercle. Chacun imagine qu'il tient dans ses mains une pâtisserie. Chaque élève prend le temps de sentir et de montrer le poids dans ses mains, la forme de la pâtisserie, sa consistance, son parfum. Il peut la goûter. Puis il la donne à un autre élève qui l'accepte, la goûte, prend le temps de l'apprécier. Cet élève effectue la même opération, et ainsi de suite.

▶ ***Réfléchir ensemble.*** Les élèves ont-ils réussi à suggérer la pâtisserie de leur choix ? À partager le plaisir ou le déplaisir ?

SCÈNE 5 – CYRANO, ROXANE, LA DUÈGNE

CYRANO

Je tire
Ma lettre si je sens seulement qu'il y a
Le moindre espoir !...

Roxane, masquée, suivie de la duègne, paraît derrière le vitrage. Il ouvre vivement la porte.

Entrez !...

Marchant sur la duègne.

Vous, deux mots, duègna !

LA DUÈGNE

Quatre.

CYRANO

Êtes-vous gourmande ?

LA DUÈGNE

À m'en rendre malade.

CYRANO, *prenant vivement des sacs de papier sur le comptoir.*

Bon. Voici deux sonnets de monsieur Benserade[1]...

LA DUÈGNE, *piteuse.*

Heu !...

1. **Benserade** : poète mondain très influent dans les salons du XVIIe siècle.

CYRANO
... que je vous remplis de darioles[1].

LA DUÈGNE, *changeant de figure.*
Hou !

CYRANO
Aimez-vous le gâteau qu'on nomme petit chou ?

LA DUÈGNE, *avec dignité.*
Monsieur, j'en fais état[2], lorsqu'il est à la crème.

CYRANO
J'en plonge six pour vous dans le sein d'un poème
De Saint-Amant ! Et dans ces vers de Chapelain[3]
Je dépose un fragment, moins lourd, de poupelin[4].
– Ah ! vous aimez les gâteaux frais ?

LA DUÈGNE
J'en suis férue[5] !

CYRANO, *lui chargeant les bras de sacs remplis.*
Veuillez aller manger tous ceux-ci dans la rue.

LA DUÈGNE
Mais...

1. **Darioles** : petits gâteaux à la crème.
2. **J'en fais état** : je l'apprécie.
3. **Saint-Amant, Chapelain** : autres poètes de l'époque.
4. **Poupelin** : petit gâteau au beurre.
5. **J'en suis férue** : je les aime beaucoup.

CYRANO, *la poussant dehors.*
Et n'en revenez qu'après avoir fini !
Il referme la porte, redescend vers Roxane, et s'arrête, découvert[1], *à une distance respectueuse.*

SCÈNE 6 – CYRANO, ROXANE, LA DUÈGNE, *un instant.*

CYRANO
Que l'instant entre tous les instants soit béni
Où, cessant d'oublier qu'humblement je respire
Vous venez jusqu'ici pour me dire... me dire ?...

ROXANE, *qui s'est démasquée.*
Mais tout d'abord merci, car ce drôle, ce fat[2]
Qu'au brave jeu d'épée, hier, vous avez fait mat[3],
C'est lui qu'un grand seigneur... épris de moi...

CYRANO
De Guiche ?

ROXANE, *baissant les yeux.*
Cherchait à m'imposer... comme mari...

CYRANO
Postiche[4] ?

---

1. **Découvert** : son chapeau à la main, en signe de respect.
2. **Fat** : vaniteux.
3. **Vous avez fait mat** : vous avez vaincu.
4. **Postiche** : c'est-à-dire comme faux mari.

Saluant.

Je me suis donc battu, madame, et c'est tant mieux,
Non pour mon vilain nez, mais bien pour vos beaux yeux.

ROXANE

Puis... je voulais... Mais pour l'aveu que je viens faire
Il faut que je revoie en vous le... presque frère
Avec qui je jouais, dans le parc – près du lac !...

CYRANO

Oui... Vous veniez tous les étés à Bergerac !...

ROXANE

Les roseaux fournissaient le bois pour vos épées...

CYRANO

Et les maïs, les cheveux blonds pour vos poupées !

ROXANE

C'était le temps des jeux...

CYRANO

Des mûrons aigrelets[1]...

ROXANE

Le temps où vous faisiez tout ce que je voulais !...

CYRANO

Roxane, en jupons courts, s'appelait Madeleine...

1. **Mûrons aigrelets** : mûres acides.

ROXANE

J'étais jolie, alors ?

CYRANO

Vous n'étiez pas vilaine.

ROXANE

Parfois, la main en sang de quelque grimpement[1],
Vous accouriez ! – Alors, jouant à la maman,
Je disais d'une voix qui tâchait d'être dure :

Elle lui prend la main.

« Qu'est-ce que c'est encor que cette égratignure ? »

Elle s'arrête, stupéfaite.

Oh ! C'est trop fort ! Et celle-ci ➋ ?

Cyrano veut retirer sa main.

Non ! Montrez-la !
Hein ? à votre âge, encor ! – Où t'es-tu fait cela ?

CYRANO

En jouant, du côté de la porte de Nesle.

ROXANE, *s'asseyant à une table,*
et trempant son mouchoir dans un verre d'eau.

Donnez !

CYRANO, *s'asseyant aussi.*

Si gentiment ! Si gaiement maternelle !

1. **Grimpement** : escalade.

➋ **Roxane aperçoit la blessure que Cyrano s'est faite en affrontant les hommes du comte de Guiche.**

ROXANE

Et, dites-moi, – pendant que j'ôte un peu le sang, –
Ils étaient contre vous ?

CYRANO

Oh ! pas tout à fait cent.

ROXANE

Racontez !

CYRANO

Non. Laissez. Mais vous, dites la chose
Que vous n'osiez tantôt me dire...

ROXANE, *sans quitter sa main.*

À présent, j'ose,
Car le passé m'encouragea de son parfum !
Oui, j'ose maintenant. Voilà. J'aime quelqu'un.

CYRANO

Ah !...

ROXANE

Qui ne le sait pas d'ailleurs.

CYRANO

Ah !...

ROXANE

Pas encore.

CYRANO

Ah !...

ROXANE

Mais qui va bientôt le savoir, s'il l'ignore.

CYRANO

Ah !...

ROXANE

Un pauvre garçon qui jusqu'ici m'aima
Timidement, de loin, sans oser le dire...

CYRANO

Ah !...

ROXANE

Laissez-moi votre main, voyons, elle a la fièvre. –
Mais moi, j'ai vu trembler les aveux sur sa lèvre.

CYRANO

Ah !...

ROXANE, *achevant de lui faire un petit bandage avec son mouchoir.*

Et figurez-vous, tenez, que, justement
Oui, mon cousin, il sert dans votre régiment !

CYRANO

Ah !...

En l'observant, Roxane a compris que celui qu'elle aime l'aime aussi, même s'il ne lui a rien dit.

ROXANE, *riant.*

Puisqu'il est cadet dans votre compagnie !

CYRANO

Ah !...

ROXANE

Il a sur son front de l'esprit, du génie,
Il est fier, noble, jeune, intrépide, beau...

CYRANO, *se levant tout pâle.*

Beau !

ROXANE

Quoi ? Qu'avez-vous !

CYRANO

Moi, rien... C'est... c'est...
Il montre sa main, avec un sourire.
C'est ce bobo.

ROXANE

Enfin, je l'aime. il faut d'ailleurs que je vous die
Que je ne l'ai jamais vu qu'à la Comédie[1]...

1. **À la Comédie** : au théâtre.

« Die » est l'ancienne forme de dise, subjonctif présent du verbe dire ; on la trouve souvent au XVIIe siècle, notamment chez Corneille. Il s'agit sans doute, pour Roxane, d'une manière précieuse de s'exprimer et qui permet la rime avec « Comédie ».

CYRANO

Vous ne vous êtes donc pas parlé ?

ROXANE

Nos yeux seuls.

CYRANO

Mais comment savez-vous, alors ?

ROXANE

Sous les tilleuls
De la place Royale[1], on cause… Des bavardes
M'ont renseignée…

CYRANO

Il est cadet ?

ROXANE

Cadet aux gardes.

CYRANO

Son nom ?

ROXANE

Baron Christian de Neuvillette.

CYRANO

Hein ?…

1. **Place Royale** : place de Paris, désormais appelée place des Vosges.

Il n'est pas aux cadets.

ROXANE

Si, depuis ce matin :
Capitaine Carbon de Castel-Jaloux.

CYRANO

Vite,
Vite, on lance son cœur !... Mais, ma pauvre petite...

LA DUÈGNE, *ouvrant la porte du fond.*

J'ai fini les gâteaux, monsieur de Bergerac !

CYRANO

Eh bien ! lisez les vers imprimés sur le sac !

La duègne disparaît.

... Ma pauvre enfant, vous qui n'aimez que beau langage,
Bel esprit, – si c'était un profane[1], un sauvage ?

ROXANE

Non, il a les cheveux d'un héros de d'Urfé[2] !

CYRANO

S'il était aussi maldisant que bien coiffé !

ROXANE

Non, tous les mots qu'il dit sont fins, je le devine !

1. **Un profane** : ici, un ignorant.
2. **Honoré d'Urfé (1567-1625)** : célèbre homme de lettres, auteur du roman *L'Astrée*.

CYRANO

Oui, tous les mots sont fins quand la moustache est fine.
– Mais si c'était un sot !...

ROXANE, *frappant du pied.*

Eh bien ! j'en mourrais, là !

CYRANO, *après un temps.*

Vous m'avez fait venir pour me dire cela ?
Je n'en sens pas très bien l'utilité, madame.

ROXANE

Ah, c'est que quelqu'un hier m'a mis la mort dans l'âme,
Et me disant que tous, vous êtes tous Gascons
Dans votre compagnie...

CYRANO

Et que nous provoquons
Tous les blancs-becs[1] qui, par faveur, se font admettre
Parmi les purs Gascons que nous sommes, sans l'être ?
C'est ce qu'on vous a dit ?

ROXANE

Et vous pensez si j'ai
Tremblé pour lui !

CYRANO, *entre ses dents.*

Non sans raison !

1. **Blancs-becs** : jeunes gens sans expérience et sûrs d'eux.

ROXANE

Mais j'ai songé,
Lorsque invincible et grand, hier, vous nous apparûtes,
Châtiant[1] ce coquin, tenant tête à ces brutes, –
J'ai songé : s'il voulait, lui que tous ils craindront...

CYRANO

C'est bien, je défendrai votre petit baron.

ROXANE

Oh ! n'est-ce pas que vous allez me le défendre ?
J'ai toujours eu pour vous une amitié si tendre.

CYRANO

Oui, oui.

ROXANE

Vous serez son ami ?

CYRANO

Je le serai.

ROXANE

Et jamais il n'aura de duel ?

CYRANO

C'est juré.

1. **Châtiant** : punissant sévèrement.

ROXANE

Oh ! je vous aime bien. Il faut que je m'en aille.

Elle remet vivement son masque,
une dentelle sur son front, et distraitement.

Mais vous ne m'avez pas raconté la bataille
De cette nuit. Vraiment ce dut être inouï !...
– Dites-lui qu'il m'écrive.

Elle lui envoie un petit baiser de la main.

Oh ! je vous aime !

CYRANO

Oui, oui.

ROXANE

Cent hommes contre vous ? Allons, adieu. – Nous sommes
De grands amis !

CYRANO

Oui, oui.

ROXANE

Qu'il m'écrive ! – Cent hommes ! –
Vous me direz plus tard. Maintenant, je ne puis.
Cent hommes ! Quel courage !

CYRANO, *la saluant.*

Oh, j'ai fait mieux depuis.

Elle sort. Cyrano reste immobile, les yeux à terre. Un silence.
La porte de droite s'ouvre. Ragueneau passe sa tête.

LECTURE ACTIVE 5

Acte II, scène 6

As-tu bien lu ?

1 Barre les intrus. Au début de la scène 6, quand Cyrano attend Roxane, il se sent : excité – furieux – amoureux – heureux – honteux – rempli d'espoir – triste.

2 Pourquoi Cyrano, d'habitude si bavard, ne répond-il que par « Ah ! » aux déclarations de Roxane ?

3 Pourquoi Cyrano devient-il tout pâle quand Roxane dit que son amoureux est beau ?
- ☐ parce qu'il est blessé à la main
- ☐ parce qu'il comprend que ce n'est pas lui que Roxane aime

4 Quel était l'objet du rendez-vous pour Roxane ?

Atelier théâtre

La « douche froide »

▶ ***Objectif.*** Jouer le renversement de situation et les sentiments exprimés.

▶ ***Préparation.*** Former un cercle et réfléchir ensemble : quelles émotions ressent-on quand on attend quelque chose d'important ? Chacun imagine une telle situation.

▶ ***Mise en jeu.*** Un élève entre dans le cercle. Il joue l'état* qui correspond à la situation imaginée (impatient, anxieux...). Un autre arrive et lui annonce une nouvelle qui doit complètement renverser cet état.

▶ ***Réfléchir ensemble.*** A-t-on pris le temps de bien jouer chaque situation ? A-t-on bien vu le changement d'état ?

SCÈNE 7 – CYRANO, RAGUENEAU, LES POÈTES, CARBON DE CASTEL-JALOUX, LES CADETS, LA FOULE, *etc.*, *puis* DE GUICHE.

RAGUENEAU

Peut-on rentrer ?

CYRANO, *sans bouger.*

Oui...

Ragueneau fait signe et ses amis rentrent. En même temps, à la porte du fond paraît Carbon de Castel-Jaloux, costume de capitaine aux gardes, qui fait de grands gestes en apercevant Cyrano.

CARBON DE CASTEL-JALOUX

Le voilà !

CYRANO, *levant la tête.*

Mon capitaine...

CARBON, *exultant.*

Notre héros ! Nous savons tout ! Une trentaine
De mes cadets sont là !...

CYRANO, *reculant.*

Mais...

CARBON, *voulant l'entraîner.*

Viens ! on veut te voir !

CYRANO

Non !

CARBON

Ils boivent en face, à *La Croix du Traboir*[1].

CYRANO

Je...

CARBON, *remontant à la porte, et criant à la cantonade, d'une voix de tonnerre.*

Le héros refuse. Il est d'humeur bourrue !

UNE VOIX, *au-dehors.*

Ah ! Sandious[2] !

Tumulte au-dehors, bruit d'épées et de bottes qui se rapprochent.

CARBON, *se frottant les mains.*

Les voici qui traversent la rue !...

LES CADETS, *entrant dans la rôtisserie.*

Mille dioux ! – Capdelious ! – Mordious ! – Pocapdedious[3] !

RAGUENEAU, *reculant épouvanté.*

Messieurs, vous êtes donc tous de Gascogne !

LES CADETS

Tous !

---

1. ***La Croix du Traboir*** : nom d'un cabaret parisien de l'époque.
2. **Sandious** : juron gascon, *diou* étant une déformation régionale du mot « dieu ».
3. Jurons gascons.

UN CADET, *à Cyrano.*

Bravo !

CYRANO

Baron !

UN AUTRE, *lui secouant les mains.*

Vivat !

CYRANO

Baron !

TROISIÈME CADET

Que je t'embrasse !

CYRANO

Baron !...

PLUSIEURS GASCONS

Embrassons-le !

CYRANO, *ne sachant auquel répondre.*

Baron... baron... de grâce...

RAGUENEAU

Vous êtes tous barons, messieurs ?

LES CADETS

Tous !

RAGUENEAU

Le sont-ils ?...

PREMIER CADET

On ferait une tour rien qu'avec nos tortils[1] !

LE BRET, *entrant, et courant à Cyrano.*

On te cherche ! Une foule en délire conduite
Par ceux qui cette nuit marchèrent à ta suite...

CYRANO, *épouvanté.*

Tu ne leur as pas dit où je me trouve ?...

LE BRET, *se frottant les mains.*

Si !

UN BOURGEOIS, *entrant, suivi d'un groupe.*

Monsieur, tout le Marais ➲ se fait porter ici !

Au-dehors, la rue s'est remplie de monde.
Des chaises à porteurs, des carrosses s'arrêtent.

LE BRET, *bas, souriant à Cyrano.*

Et Roxane ?

CYRANO, *vivement.*

Tais-toi !

LA FOULE, *criant dehors.*

Cyrano !...

Une cohue[2] se précipite dans la pâtisserie.
Bousculade. Acclamations.

1. **Tortils** : rubans enroulés autour d'une couronne de baron.
2. **Cohue** : foule nombreuse et désordonnée.

➲ **Le Marais est un quartier du centre de Paris, habité au XVIIe siècle par la noblesse, et où se trouve la place Royale.**

RAGUENEAU, *debout sur une table.*

Ma boutique
Est envahie ! On casse tout ! C'est magnifique !

DES GENS, *autour de Cyrano.*

Mon ami... mon ami...

CYRANO

Je n'avais pas hier
Tant d'amis !...

LE BRET, *ravi.*

Le succès !

UN PETIT MARQUIS, *accourant, les mains tendues.*

Si tu savais, mon cher...

CYRANO

Si tu ?... Tu ?... Qu'est-ce donc qu'ensemble nous gardâmes ?

UN AUTRE

Je veux vous présenter, Monsieur, à quelques dames
Qui là, dans mon carrosse...

CYRANO, *froidement.*

Et vous d'abord, à moi,
Qui vous présentera ?

LE BRET, *stupéfait.*

Mais qu'as-tu donc ?

CYRANO

Tais-toi !

UN HOMME DE LETTRES, *avec une écritoire.*

Puis-je avoir des détails sur ?...

CYRANO

Non.

LE BRET, *lui poussant le coude.*

C'est Théophraste
Renaudot ! l'inventeur de la gazette[1].

CYRANO

Baste[2] !

LE BRET

Cette feuille où l'on fait tant de choses tenir !
On dit que cette idée a beaucoup d'avenir !

LE POÈTE, *s'avançant.*

Monsieur...

CYRANO

Encor !

LE POÈTE

Je veux faire un pentacrostiche[3]
Sur votre nom...

1. **Théophraste Renaudot** : fondateur d'un journal à succès, *La Gazette*, l'un des premiers journaux français.
2. **Baste** ! Peu importe !
3. **Pentacrostiche** : poème écrit de manière à ce qu'on puisse y lire, à la verticale, cinq fois le nom d'une personne.

QUELQU'UN, *s'avançant encore.*

Monsieur...

CYRANO

Assez !

Mouvement. On se range. De Guiche paraît escorté d'officiers. Cuigy, Brissaille, les officiers qui sont partis avec Cyrano à la fin du premier acte. Cuigy vient vivement à Cyrano.

CUIGY, *à Cyrano.*

Monsieur de Guiche

Murmure. Tout le monde se range.

Vient de la part du maréchal de Gassion[1] !

DE GUICHE, *saluant Cyrano.*

... Qui tient à vous mander son admiration
Pour le nouvel exploit dont le bruit vient de courre[2].

LA FOULE

Bravo !...

CYRANO, *s'inclinant.*

Le maréchal s'y connaît en bravoure.

DE GUICHE

Il n'aurait jamais cru le fait si ces messieurs

1. **Maréchal de Gassion** : maréchal de France qui, en 1643, se distingua à la bataille de Rocroi.
2. **Courre** : courir.

N'avaient pu lui jurer l'avoir vu.

CUIGY

De nos yeux.

LE BRET, *bas à Cyrano, qui a l'air absent.*

Mais...

CYRANO

Tais-toi !

LE BRET

Tu parais souffrir !

CYRANO, *tressaillant et se redressant vivement.*

Devant ce monde ?...

Sa moustache se hérisse ; il poitrine[1].

Moi, souffrir ?... Tu vas voir !

DE GUICHE, *auquel Cuigy a parlé à l'oreille.*

Votre carrière abonde
De beaux exploits, déjà. – Vous servez chez ces fous
De Gascons, n'est-ce pas ?

CYRANO

Aux cadets, oui.

UN CADET, *d'une voix terrible.*

Chez nous !

1. **Poitrine** : bombe le torse.

DE GUICHE, *regardant les Gascons, rangés derrière Cyrano.*
Ah ! ah !... Tous ces messieurs à la mine hautaine,
Ce sont donc les fameux ?...

CARBON DE CASTEL-JALOUX
Cyrano !

CYRANO
Capitaine ?

CARBON
Puisque ma compagnie est, je crois, au complet,
Veuillez la présenter au comte, s'il vous plaît.

CYRANO, *faisant deux pas vers De Guiche, et montrant les cadets.*
Ce sont les cadets de Gascogne
De Carbon de Castel-Jaloux ;
Bretteurs et menteurs sans vergogne,
Ce sont les cadets de Gascogne !
Parlant blason, lambel, bastogne ➲,
Tous plus nobles que des filous,
Ce sont les cadets de Gascogne
De Carbon de Castel-Jaloux :

Œil d'aigle, jambe de cigogne,
Moustache de chat, dents de loups,
Fendant la canaille qui grogne,
Œil d'aigle, jambe de cigogne,

➲ « Lambel » et « bastogne », mot calqué sur *baston*, sont des termes de blason, ce dernier mot désignant l'ensemble des armoiries d'une famille noble.

Ils vont, – coiffés d'un vieux vigogne[1]
Dont la plume cache les trous ! –
Œil d'aigle, jambe de cigogne,
Moustache de chat, dents de loups !

Perce-Bedaine et Casse-Trogne[2]
Sont leurs sobriquets[3] les plus doux ;
De gloire, leur âme est ivrogne !
Perce-Bedaine et Casse-Trogne,
Dans tous les endroits où l'on cogne
Ils se donnent des rendez-vous...
Perce-Bedaine et Casse-Trogne,
Sont leurs sobriquets les plus doux !

Voici les cadets de Gascogne
Qui font cocus tous les jaloux !
Ô femme, adorable carogne[4],
Voici les cadets de Gascogne !
Que le vieil époux se renfrogne :
Sonnez, clairons ! chantez, coucous !
Voici les cadets de Gascogne
Qui font cocus tous les jaloux !

DE GUICHE, *nonchalamment assis dans un fauteuil que Ragueneau a vite apporté.*

Un poète est un luxe, aujourd'hui, qu'on se donne.
– Voulez-vous être à moi ?

1. **Vigogne** : chapeau en laine de vigogne, petit mammifère vivant dans les montagnes d'Amérique du Sud.
2. **Bedaine** : ventre ; **trogne** : figure (termes familiers).
3. **Sobriquets** : surnoms.
4. **Carogne** : femme hargneuse.

CYRANO

Non, Monsieur, à personne.

DE GUICHE

Votre verve[1] amusa mon oncle Richelieu,
Hier. Je veux vous servir auprès de lui.

LE BRET, *ébloui.*

Grand Dieu !

DE GUICHE

Vous avez bien rimé cinq actes[2], j'imagine ?

LE BRET, *à l'oreille de Cyrano.*

Tu vas faire jouer, mon cher, ton *Agrippine* !

DE GUICHE

Portez-les-lui.

CYRANO, *tenté et un peu charmé.*

Vraiment...

DE GUICHE

Il est des plus experts.
Il vous corrigera seulement quelques vers...

1. **Verve** : inspiration, fantaisie.
2. **Rimé cinq actes** : c'est-à-dire composé une tragédie en cinq actes et en vers.

Il s'agit de *La Mort d'Agrippine*, tragédie écrite par le véritable Cyrano de Bergerac.

CYRANO, *dont le visage s'est immédiatement rembruni.*
Impossible, Monsieur ; mon sang se coagule
En pensant qu'on peut y changer une virgule.

DE GUICHE
Mais quand un vers lui plaît, en revanche, mon cher,
Il le paye très cher.

CYRANO
Il le paye moins cher
Que moi, lorsque j'ai fait un vers, et que je l'aime,
Je me le paye, en me le chantant à moi-même !

DE GUICHE
Vous êtes fier.

CYRANO
Vraiment, vous l'avez remarqué ?

UN CADET, *entrant avec, enfilés à son épée, des chapeaux aux plumets miteux, aux coiffes trouées, défoncées.*
Regarde, Cyrano ! ce matin, sur le quai,
Le bizarre gibier à plumes que nous prîmes !
Les feutres des fuyards !...

CARBON
Des dépouilles opimes !

Dans l'Antiquité, on appelait « dépouilles opimes » celles que remportait un général d'armée qui avait tué de sa main le général de l'armée ennemie, d'où, au figuré, le sens de « riches dépouilles ».

TOUT LE MONDE, *riant.*

Ah ! Ah ! Ah !

CUIGY

Celui qui posta ces gueux, ma foi,
Doit rager aujourd'hui.

BRISSAILLE

Sait-on qui c'est ?

DE GUICHE

C'est moi.

Les rires s'arrêtent.

Je les avais chargés de châtier[1], – besogne[2]
Qu'on ne fait pas soi-même, – un rimailleur ivrogne.

Silence gêné.

LE CADET, *à mi-voix, à Cyrano, lui montrant les feutres,*

Que faut-il qu'on en fasse ? Ils sont gras... Un salmis[3] ?

CYRANO, *prenant l'épée où ils sont enfilés, et les faisant, dans un salut, tous glisser aux pieds de De Guiche.*

Monsieur, si vous voulez les rendre à vos amis ?

DE GUICHE, *se levant et d'une voix brève.*

Ma chaise et mes porteurs, tout de suite : je monte.

À Cyrano, violemment.

Vous, Monsieur !...

1. **Châtier** : punir.
2. **Besogne** : travail (familier).
3. **Salmis** : ragoût de gibier.

UNE VOIX, *dans la rue, criant.*
Les porteurs de monseigneur le comte
De Guiche !

DE GUICHE, *qui s'est dominé, avec un sourire.*
... Avez-vous lu *Don Quichot* ➲ ?

CYRANO
Je l'ai lu.
Et me découvre au nom de cet hurluberlu[1].

DE GUICHE
Veuillez donc méditer alors...

UN PORTEUR, *paraissant au fond.*
Voici la chaise.

DE GUICHE
Sur le chapitre des moulins !

CYRANO, *saluant.*
Chapitre treize.

DE GUICHE
Car, lorsqu'on les attaque, il arrive souvent...

1. **Hurluberlu** : original.

➲ ***Don Quichotte*** **est un roman de l'Espagnol Miguel de Cervantès. Écrit au début du XVIIe siècle, il connut un immense succès. Son héros, obsédé par les romans de chevalerie, se prend pour un chevalier errant. Dans un passage célèbre, devenu fou, il prend des moulins à vent pour des géants, et entreprend de les combattre.**

CYRANO

J'attaque donc des gens qui tournent à tout vent ?

DE GUICHE

Qu'un moulinet de leurs grands bras chargés de toiles
Vous lance dans la boue !...

CYRANO

Ou bien dans les étoiles !

De Guiche sort. On le voit remonter en chaise. Les seigneurs s'éloignent en chuchotant. Le Bret les réaccompagne. La foule sort.

SCÈNE 8 – CYRANO, LE BRET, LES CADETS, *qui se sont attablés à droite et à gauche et auxquels on sert à boire et à manger.*

CYRANO, *saluant d'un air goguenard*[1] *ceux qui sortent sans oser le saluer.*

Messieurs... Messieurs... Messieurs...

LE BRET, *désolé, redescendant, les bras au ciel.*

Ah ! dans quels jolis draps...

CYRANO

Oh ! toi ! tu vas grogner !

1. **Goguenard** : moqueur.

LE BRET

Enfin, tu conviendras
Qu'assassiner toujours la chance passagère,
Devient exagéré.

CYRANO

Hé bien oui, j'exagère !

LE BRET, *triomphant.*

Ah !

CYRANO

Mais pour le principe, et pour l'exemple aussi,
Je trouve qu'il est bon d'exagérer ainsi.

LE BRET

Si tu laissais un peu ton âme mousquetaire
La fortune et la gloire...

CYRANO

Et que faudrait-il faire ?
Chercher un protecteur puissant, prendre un patron,
Et comme un lierre obscur qui circonvient[1] un tronc
Et s'en fait un tuteur en lui léchant l'écorce,
Grimper par ruse au lieu de s'élever par force ?
Non, merci. Dédier, comme tous ils le font,

1. **Circonvient** : entoure. Le lierre est une plante grimpante.

Dans cette tirade, Cyrano expose son idée de l'honneur : il refuse de se mettre au service d'un noble plus puissant, et de renier ses convictions, ou de devenir un poète apprécié dans les salons, mais médiocre.

Des vers aux financiers ? se changer en bouffon
Dans l'esprit vil de voir, aux lèvres d'un ministre,
Naître un sourire, enfin, qui ne soit pas sinistre ?
Non, merci. Déjeuner, chaque jour, d'un crapaud ?
Avoir un ventre usé par la marche ? une peau
Qui plus vite, à l'endroit des genoux, devient sale ?
Exécuter des tours de souplesse dorsale ?...
Non, merci. D'une main flatter la chèvre au cou
Cependant que, de l'autre, on arrose le chou,
Et donneur de séné par désir de rhubarbe[1],
Avoir son encensoir, toujours, dans quelque barbe ?
Non, merci ! Se pousser de giron en giron[2],
Devenir un petit grand homme dans un rond[3],
Et naviguer, avec des madrigaux[4] pour rames,
Et dans ses voiles des soupirs de vieilles dames ?
Non, merci. Chez le bon éditeur de Sercy
Faire éditer ses vers en payant ? Non, merci !
S'aller faire nommer pape par les conciles[5]
Que dans des cabarets tiennent des imbéciles ?

1. **Donneur de séné par désir de rhubarbe** : se faire des concessions mutuelles (locution familière et vieillie) ;
2. **Giron** : ici, lieu protecteur
3. **Rond** : cercle littéraire.
4. **Madrigaux** : petits poèmes précieux.
5. **Conciles** : assemblées d'évêques.

Dans cette tirade, Cyrano détourne plusieurs expressions imagées : « avaler un crapaud » (ou une couleuvre), c'est faire quelque chose à contrecœur, par intérêt ; « marcher sur le ventre », c'est-à-dire ramper, c'est faire preuve de soumission ; « flatter la chèvre et le chou », c'est cultiver des amitiés qui vous seront utiles ; « proposer la rhubarbe pour avoir le séné », c'est accepter un compromis ; « donner de l'encensoir », c'est flatter de manière excessive ; « rendre à César ce qui est à César », c'est reconnaître ce que son succès doit à un autre.

L'éditeur de Sercy éditait des livres à compte d'auteur, c'est-à-dire en faisant payer les écrivains eux-mêmes qui espéraient ainsi se faire remarquer.

Document 1 : Cyrano raconte son duel aux cadets de Gascogne

Cyrano de Bergerac, mise en scène de Gilles Bouillon au théâtre de la Tempête, 2012. Avec Christophe Brault (Cyrano de Bergerac) ; Thibaut Corrion, Léon Napias, Louise Belmas, Pauline Bertani, Laure Coignard, Brice Carois, Richard Pinto (les cadets) ; Xavier Guittet (Ragueneau).

Document 2 : La scène du balcon : Cyrano prête son éloquence à Christian

Cyrano de Bergerac, mise en scène de Gilles Bouillon au théâtre de la Tempête, 2012. Avec Christophe Brault (Cyrano de Bergerac), Emmanuelle Wion (Roxane), Thibaut Corrion (Christian de Neuvillette).

Document 3 : La scène du balcon à la Comédie-Française

Cyrano de Bergerac, mise en scène de Denis Podalydès à la Comédie-Française, 2010. Avec Michel Vuillermoz (Cyrano de Bergerac), Françoise Gillard (Roxane), Eric Ruf (Christian de Neuvillette).

Document 4 : Michel Vuillermoz dit la tirade du nez

Cyrano de Bergerac, avec Michel Vuillermoz,
mise en scène de Denis Podalydès à la Comédie-Française, 2010.

Document 5 : Philippe Torreton dit la tirade du nez

Cyrano de Bergerac, mise en scène de Dominique Pitoiset au théâtre de l'Odéon, 2013. Avec Philippe Torreton (Cyrano de Bergerac), Nicolas Chupin (De Valvert).

Document 6 : La scène du balcon en « Skype »

Cyrano de Bergerac, mise en scène de Dominique Pitoiset au théâtre de l'Odéon, 2013. Avec Adrien Cauchetier (Christian), Maud Wyler (Roxane), Philippe Torreton (Cyrano de Bergerac).

Non, merci ! Travailler à se construire un nom
Sur un sonnet, au lieu d'en faire d'autres ? Non,
Merci ! Ne découvrir du talent qu'aux mazettes[1] ?
Être terrorisé par de vagues gazettes[2],
Et se dire sans cesse : « Oh, pourvu que je sois
Dans les petits papiers du *Mercure François* ? »...
Non, merci ! Calculer, avoir peur, être blême,
Préférer faire une visite qu'un poème,
Rédiger des placets[3], se faire présenter ?
Non, merci ! non, merci ! non, merci ! Mais... chanter,
Rêver, rire, passer, être seul, être libre,
Avoir l'œil qui regarde bien, la voix qui vibre,
Mettre, quand il vous plaît, son feutre de travers,
Pour un oui, pour un non, se battre, – ou faire un vers !
Travailler sans souci de gloire ou de fortune,
À tel voyage, auquel on pense, dans la lune !
N'écrire jamais rien qui de soi ne sortît,
Et, modeste d'ailleurs, se dire : mon petit,
Sois satisfait des fleurs, des fruits, même des feuilles,
Si c'est dans ton jardin à toi que tu les cueilles !
Puis, s'il advient d'un peu triompher, par hasard,
Ne pas être obligé d'en rien rendre à César,
Vis-à-vis de soi-même en garder le mérite,
Bref, dédaignant d'être le lierre parasite,
Lors même qu'on n'est pas le chêne ou le tilleul,
Ne pas monter bien haut, peut-être, mais tout seul !

1. **Mazettes** : au sens propre, mauvais chevaux ;
au sens figuré, se dit, avec mépris, de personnes maladroites.
2. **Gazettes** : journaux faisant la chronique de la vie de la haute société.
3. **Placets** : lettres dans lesquelles on demande une faveur.

LE BRET

Tout seul, soit ! mais non pas contre tous ! Comment diable
As-tu donc contracté la manie effroyable
De te faire toujours, partout, des ennemis ?

CYRANO

À force de vous voir vous faire des amis,
Et rire à ces amis dont vous avez des foules,
D'une bouche empruntée au derrière des poules ➲ !
J'aime raréfier sur mes pas les saluts,
Et m'écrie avec joie : un ennemi de plus !

LE BRET

Quelle aberration !

CYRANO

Eh bien oui ! c'est mon vice.
Déplaire est mon plaisir. J'aime qu'on me haïsse.
Mon cher, si tu savais comme l'on marche mieux
Sous la pistolétade[1] excitante des yeux !
Comme, sur les pourpoints, font d'amusantes taches
Le fiel[2] des envieux et la bave des lâches !
– Vous, la molle amitié dont vous vous entourez,
Ressemble à ces grands cols d'Italie, ajourés
Et flottants, dans lesquels votre cou s'efféminé :
On y est plus à l'aise... et de moins haute mine,
Car le front n'ayant pas de maintien ni de loi,

1. Pistolétade : coups de pistolets.
2. Fiel : amertume.

➲ **« Faire le cul de poule », c'est faire une grimace ridicule.**

Constant Coquelin (dit Coquelin aîné, 1841-1909) dans le costume de Cyrano de Bergerac, dont il créa le rôle en 1897 au théâtre de la Porte-Saint-Martin, à Paris. Gravure.

- Décris le costume porté par Coquelin et ses accessoires.
- Comment qualifierais-tu l'attitude du comédien ?
- En quoi correspond-elle, selon toi, au personnage de Cyrano ?

S'abandonne à pencher dans tous les sens. Mais moi,
La Haine, chaque jour, me tuyaute et m'apprête
La fraise dont l'empois force à lever la tête ;
Chaque ennemi de plus est un nouveau godron
Qui m'ajoute une gêne, et m'ajoute un rayon :
Car, pareille en tous points à la fraise espagnole,
La Haine est un carcan, mais c'est une auréole !

LE BRET, *après un silence, passant son bras sous le sien.*
Fais tout haut l'orgueilleux et l'amer, mais, tout bas,
Dis-moi tout simplement qu'elle ne t'aime pas !

CYRANO, *vivement.*
Tais-toi !
Depuis un moment, Christian est entré, s'est mêlé aux cadets ; ceux-ci ne lui adressent pas la parole ; il a fini par s'asseoir seul à une petite table, où Lise le sert.

Cyrano utilise plusieurs termes techniques liés à la fraise, large collerette plissée portée à l'époque par les hommes et les femmes : « tuyauter » veut dire former des plis avec un fer, « l'empois » est une sorte de colle qui rigidifie le tissu, le « godron » est un gros pli que l'on faisait sur les fraises. Cyrano compare la haine que ses ennemis lui portent à la fraise : les deux sont inconfortables, mais obligent à garder la tête haute.

LECTURE ACTIVE 6

Acte II, scène 8

As-tu bien lu ?

1 Dans la scène précédente, de Guiche a proposé à Cyrano de l'introduire auprès du cardinal de Richelieu. Comment Cyrano a-t-il réagi à cette proposition ?
☐ Il l'a acceptée avec joie. ☐ Il l'a refusée.
☐ Il l'a acceptée à contrecœur.

2 **a.** Le Bret approuve-t-il l'attitude de Cyrano envers De Guiche ?

b. Quelle formule lui permet de caractériser l'état d'esprit de Cyrano ?
☐ l'âme fière ☐ l'âme guerrière ☐ l'âme mousquetaire

3. Dans la tirade des vers 967 à 1016, à quoi Cyrano dit-il « Non merci » ?

Atelier théâtre

« Non merci ! »

▶ ***Objectif.*** Comprendre les enjeux de la tirade en la transposant à l'époque moderne.

▶ ***Préparation.*** Par groupes de 4 ou 5, relire la tirade de Cyrano (v. 967 à 1016). Les membres de chaque groupe listent les motifs d'indignation et de refus qu'ils rencontrent dans leur vie, puis les choses qui les font rêver. Imaginer une tirade par groupe, composée ainsi : une suite de questions — le motif régulier « Non merci ! » — la conclusion « Non merci ! non merci ! non merci mais... — la liste des éléments positifs.

▶ ***Mise en jeu.*** Chaque groupe présente sa version de la tirade. Veiller à bien s'adresser au public, en regardant le moins possible ses notes.

▶ ***Réfléchir ensemble.*** Quelles thématiques ont été évoquées ? Est-ce que le groupe a réussi à transmettre un message ? Se libérer des mots de Cyrano a-t-il permis de comprendre ce que ressent le personnage ?

SCÈNE 9 – CYRANO, LE BRET, LES CADETS, CHRISTIAN DE NEUVILLETTE

UN CADET, *assis à une table du fond, le verre à la main.*
Hé ! Cyrano !

Cyrano se retourne.

Le récit ?

CYRANO

Tout à l'heure !

Il remonte au bras de Le Bret. Ils causent bas.

LE CADET, *se levant et descendant.*

Le récit du combat ! Ce sera la meilleure
Leçon

Il s'arrête devant la table où est Christian.

pour ce timide apprentif[1] !

CHRISTIAN, *levant la tête.*

Apprentif ?

UN AUTRE CADET

Oui, septentrional[2] maladif !

CHRISTIAN

Maladif ?

1. **Apprentif** : apprenti, novice.
2. **Septentrional** : originaire du Nord. Le cadet se moque de Christian parce qu'il n'est pas gascon.

Premier cadet, *goguenard.*

Monsieur de Neuvillette, apprenez quelque chose :
C'est qu'il est un objet, chez nous, dont on ne cause
Pas plus que de cordon dans l'hôtel d'un pendu !

Christian

Qu'est-ce ?

Un autre cadet, *d'une voix terrible.*

Regardez-moi !

Il pose trois fois, mystérieusement, son doigt sur son nez.

M'avez-vous entendu ?

Christian

Ah ! c'est le...

Un autre

Chut !... jamais ce mot ne se profère !

Il montre Cyrano qui cause au fond avec Le Bret.

Ou c'est à lui, là-bas, que l'on aurait affaire !

Un autre, *qui, pendant qu'il était tourné vers les premiers, est venu sans bruit s'asseoir sur la table, dans son dos.*

Deux nasillards par lui furent exterminés
Parce qu'il lui déplut qu'ils parlassent du nez !

UN AUTRE, *d'une voix caverneuse, surgissant de sous la table où il s'est glissé à quatre pattes.*

On ne peut faire, sans défuncter[1] avant l'âge,
La moindre allusion au fatal cartilage !

UN AUTRE, *lui posant la main sur l'épaule.*

Un mot suffit ! Que dis-je, un mot ? Un geste, un seul !
Et tirer son mouchoir, c'est tirer son linceul[2] !

Silence. Tous autour de lui, les bras croisés, le regardent. Il se lève et va à Carbon de Castel-Jaloux qui, causant avec un officier, a l'air de ne rien voir.

CHRISTIAN

Capitaine !

CARBON, *se retournant et le toisant[3].*

Monsieur ?

CHRISTIAN

Que fait-on quand on trouve
Des Méridionaux[4] trop vantards ?...

CARBON

On leur prouve
Qu'on peut être du Nord, et courageux.

Il lui tourne le dos.

CHRISTIAN

Merci.

1. **Défuncter** : mourir.
2. **Linceul** : drap qui enveloppe les morts.
3. **Le toisant** : le regardant avec attention.
4. **Méridionaux** : originaires du Sud.

PREMIER CADET, *à Cyrano.*

Maintenant, ton récit !

TOUS

Son récit !

CYRANO, *redescendant vers eux.*

Mon récit ?...

Tous rapprochent leurs escabeaux[1], se groupent autour de lui, tendent le col. Christian s'est mis à cheval sur une chaise.

Eh bien ! donc je marchais tout seul, à leur rencontre.
La lune, dans le ciel, luisait comme une montre,
Quand soudain, je ne sais quel soigneux horloger
S'étant mis à passer un coton nuager
Sur le boîtier d'argent de cette montre ronde ➋,
Il se fit une nuit la plus noire du monde,
Et les quais n'étant pas du tout illuminés,
Mordious ! On n'y voyait pas plus loin...

CHRISTIAN

Que son nez.

Silence. Tout le monde se lève lentement. On regarde Cyrano avec terreur. Celui-ci s'est interrompu, stupéfait. Attente.

CYRANO

Qu'est-ce que c'est que cet homme-là ?

---

1. **Escabeaux** : sièges de bois.

➋ **La métaphore développée dans les vers 1065 à 1069 signifie qu'un nuage a couvert la Lune et que tout est devenu sombre.**

UN CADET, *à mi-voix.*

C'est un homme

Arrivé ce matin.

CYRANO, *faisant un pas vers Christian.*

Ce matin ?

CARBON, *à mi-voix.*

Il se nomme

Le baron de Neuvil...

CYRANO, *vivement, s'arrêtant.*

Ah ! c'est bien...

Il pâlit, rougit, a encore un mouvement pour se jeter sur Christian.

Je...

Puis il se domine, et dit d'une voix sourde.

Très bien...

Il reprend.

Je disais donc...

Avec un éclat de rage dans la voix.

Mordious !...

Il continue d'un ton naturel.

que l'on n'y voyait rien

Stupeur. On se rassied en se regardant.

Et je marchais, songeant que pour un gueux fort mince
J'allais mécontenter quelque grand[1], quelque prince,
Qui m'aurait sûrement...

1. **Grand** : noble de haut rang.

CHRISTIAN

Dans le nez...

Tout le monde se lève. Christian se balance sur sa chaise.

CYRANO, *d'une voix étranglée.*

Une dent... –
Qui m'aurait une dent... et qu'en somme, imprudent,
J'allais fourrer...

CHRISTIAN

Le nez...

CYRANO

Le doigt... entre l'écorce
Et l'arbre, car ce grand pouvait être de force
À me faire donner...

CHRISTIAN

Sur le nez...

CYRANO, *essuyant la sueur à son front.*

Sur les doigts.
– Mais j'ajoutai : Marche, Gascon, fais ce que dois !
Va, Cyrano ! Et ce disant, je me hasarde,
Quand, dans l'ombre, quelqu'un me porte...

CHRISTIAN

Une nasarde[1].

1. Nasarde : coup sur le nez.

CYRANO

Je la pare, et soudain me trouve...

CHRISTIAN

Nez à nez...

CYRANO, *bondissant vers lui.*

Ventre-Saint-Gris !

Tous les Gascons se précipitent pour voir ; arrivé sur Christian, il se maîtrise et continue.

... avec cent braillards avinés[1]
Qui puaient...

CHRISTIAN

À plein nez...

CYRANO, *blême et souriant.*

L'oignon et la litharge[2] !
Je bondis, front baissé...

CHRISTIAN

Nez au vent !

CYRANO

et je charge !
J'en estomaque deux ! J'en empale un tout vif !
Quelqu'un m'ajuste : Paf ! et je riposte...

1. **Avinés** : ivres.
2. **Litharge** : oxyde de plomb utilisé autrefois pour adoucir le vin.

CHRISTIAN

Pif !

CYRANO, *éclatant.*

Tonnerre ! Sortez tous !

Tous les cadets se précipitent vers les portes.

PREMIER CADET

C'est le réveil du tigre !

CYRANO

Tous ! Et laissez-moi seul avec cet homme !

DEUXIÈME CADET

Bigre !

On va le retrouver en hachis !

RAGUENEAU

En hachis ?

UN AUTRE CADET

Dans un de vos pâtés !

RAGUENEAU

Je sens que je blanchis,
Et que je m'amollis comme une serviette !

CARBON

Sortons !

UN AUTRE

Il n'en va pas laisser une miette !

UN AUTRE

Ce qui va se passer ici, j'en meurs d'effroi !

UN AUTRE, *refermant la porte de droite.*

Quelque chose d'épouvantable !

Ils sont tous sortis, – soit par le fond, soit par les côtés, – quelques-uns ont disparu par l'escalier. Cyrano et Christian restent face à face, et se regardent un moment.

SCÈNE 10 – CYRANO, CHRISTIAN

CYRANO

Embrasse-moi !

CHRISTIAN

Monsieur...

CYRANO

Brave.

CHRISTIAN

Ah çà ! mais !...

CYRANO

Très brave. Je préfère.

CHRISTIAN

Me direz-vous ?...

CYRANO

Embrasse-moi. Je suis son frère.

CHRISTIAN

De qui ?

CYRANO

Mais d'elle !

CHRISTIAN

Hein ?...

CYRANO

Mais de Roxane !

CHRISTIAN, *courant à lui.*

Ciel !

Vous, son frère ?

CYRANO

Ou tout comme : un cousin fraternel.

CHRISTIAN

Elle vous a ?...

CYRANO

Tout dit !

CHRISTIAN

M'aime-t-elle ?

CYRANO

Peut-être !

CHRISTIAN, *lui prenant les mains.*

Comme je suis heureux, Monsieur, de vous connaître !

CYRANO

Voilà ce qui s'appelle un sentiment soudain.

CHRISTIAN

Pardonnez-moi...

CYRANO, *le regardant, et lui mettant la main sur l'épaule.*

C'est vrai qu'il est beau, le gredin !

CHRISTIAN

Si vous saviez, Monsieur, comme je vous admire !

CYRANO

Mais tous ces nez que vous m'avez...

CHRISTIAN

Je les retire !

CYRANO

Roxane attend ce soir une lettre...

CHRISTIAN

Hélas !

CYRANO

Quoi !

CHRISTIAN

C'est me perdre que de cesser de rester coi[1] !

CYRANO

Comment ?

CHRISTIAN

Las[2] ! je suis sot à m'en tuer de honte !

CYRANO

Mais non, tu ne l'es pas, puisque tu t'en rends compte.
D'ailleurs, tu ne m'as pas attaqué comme un sot.

CHRISTIAN

Bah ! on trouve des mots quand on monte à l'assaut !
Oui, j'ai certain esprit facile et militaire,
Mais je ne sais, devant les femmes, que me taire.
Oh ! leurs yeux, quand je passe, ont pour moi des bontés...

CYRANO

Leurs cœurs n'en ont-ils plus quand vous vous arrêtez ?

---

1. **Coi** : muet.
2. **Las** : hélas.

CHRISTIAN

Non ! car je suis de ceux, – je le sais... et je tremble ! –
Qui ne savent parler d'amour.

CYRANO

Tiens !... Il me semble
Que si l'on eût pris soin de me mieux modeler,
J'aurais été de ceux qui savent en parler.

CHRISTIAN

Oh ! pouvoir exprimer les choses avec grâce !

CYRANO

Être un joli petit mousquetaire qui passe !

CHRISTIAN

Roxane est précieuse et sûrement je vais
Désillusionner Roxane !

CYRANO, *regardant Christian.*

Si j'avais
Pour exprimer mon âme un pareil interprète !

CHRISTIAN, *avec désespoir.*

Il me faudrait de l'éloquence !

CYRANO, *brusquement.*

Je t'en prête !
Toi, du charme physique et vainqueur, prête-m'en :
Et faisons à nous deux un héros de roman !

CHRISTIAN

Quoi ?

CYRANO

Te sens-tu de force à répéter les choses
Que chaque jour je t'apprendrai ?...

CHRISTIAN

Tu me proposes ?...

CYRANO

Roxane n'aura pas de désillusions !
Dis, veux-tu qu'à nous deux nous la séduisions ?
Veux-tu sentir passer, de mon pourpoint de buffle
Dans ton pourpoint brodé, l'âme que je t'insuffle !...

CHRISTIAN

Mais, Cyrano !...

CYRANO

Christian, veux-tu ?

CHRISTIAN

Tu me fais peur !

CYRANO

Puisque tu crains, tout seul, de refroidir son cœur,
Veux-tu que nous fassions – et bientôt tu l'embrases ! –
Collaborer un peu tes lèvres et mes phrases ?...

CHRISTIAN

Tes yeux brillent !...

CYRANO

Veux-tu ?...

CHRISTIAN

Quoi ! cela te ferait
Tant de plaisir ?...

CYRANO, *avec enivrement.*

Cela...

Se reprenant, et en artiste.

Cela m'amuserait !
C'est une expérience à tenter un poète.
Veux-tu me compléter et que je te complète ?
Tu marcheras, j'irai dans l'ombre à ton côté :
Je serai ton esprit, tu seras ma beauté.

CHRISTIAN

Mais la lettre qu'il faut, au plus tôt, lui remettre !
Je ne pourrai jamais...

CYRANO, *sortant de son pourpoint la lettre qu'il a écrite.*

Tiens, la voilà, ta lettre !

CHRISTIAN

Comment ?

CYRANO

Hormis l'adresse, il n'y manque plus rien.

CHRISTIAN

Je...

CYRANO

Tu peux l'envoyer. Sois tranquille. Elle est bien.

CHRISTIAN

Vous aviez ?...

CYRANO

Nous avons toujours, nous, dans nos poches,
Des épîtres à des Chloris... de nos caboches[1],
Car nous sommes ceux-là qui pour amante n'ont
Que du rêve soufflé dans la bulle d'un nom !...
Prends, et tu changeras en vérités ces feintes[2] ;
Je lançais au hasard ces aveux et ces plaintes :
Tu verras se poser tous ces oiseaux errants.
Tu verras que je fus dans cette lettre – prends ! –
D'autant plus éloquent que j'étais moins sincère !
– Prends donc, et finissons !

CHRISTIAN

N'est-il pas nécessaire
De changer quelques mots ? Écrite en divaguant,
Ira-t-elle à Roxane ?

CYRANO

Elle ira comme un gant !

---

1. **Épîtres** : lettres ; **Chloris** : nom donné à la femme aimée dans la poésie précieuse ; **caboches** : têtes (familier).
2. **Feintes** : fictions.

CHRISTIAN

Mais...

CYRANO

La crédulité de l'amour-propre est telle,
Que Roxane croira que c'est écrit pour elle !

CHRISTIAN

Ah ! mon ami !
Il se jette dans les bras de Cyrano. Ils restent embrassés[1].

SCÈNE 11 – CYRANO, CHRISTIAN, LES GASCONS, LE MOUSQUETAIRE, LISE

UN CADET, *entrouvrant la porte.*
Plus rien... Un silence de mort...
Je n'ose regarder...
Il passe la tête.
Hein ?

TOUS LES CADETS, *entrant et voyant Cyrano et Christian qui s'embrassent.*
Ah !... Oh !...

UN CADET

C'est trop fort !
Consternation.

1. **Ils restent embrassés** : ils se serrent dans les bras l'un de l'autre.

LE MOUSQUETAIRE, *goguenard.*

Ouais ?...

CARBON

Notre démon est doux comme un apôtre !
Quand sur une narine on le frappe, – il tend l'autre ?

LE MOUSQUETAIRE

On peut donc lui parler de son nez, maintenant ?...
Appelant Lise, d'un air triomphant.
– Eh ! Lise ! Tu vas voir !
Humant l'air avec affectation.
Oh !... Oh !... c'est surprenant !
Quelle odeur !...
Allant à Cyrano, dont il regarde le nez avec impertinence.
Mais monsieur doit l'avoir reniflée ?
Qu'est-ce que cela sent ici ?...

CYRANO, *le souffletant*[1].

La giroflée !

Joie. Les cadets ont retrouvé Cyrano ; ils font des culbutes.

RIDEAU

1. **Le souffletant** : le giflant.

Carbon compare Cyrano à un « apôtre », c'est-à-dire à l'un des disciples du Christ. Il poursuit la métaphore en détournant un passage de l'évangile de Matthieu : « Si quelqu'un te gifle sur la joue droite, tends-lui aussi l'autre. »

La giroflée est une plante aux fleurs très odorantes. Employé au sens figuré, en langage familier, c'est aussi une gifle qui laisse la marque des cinq doigts.

Acte III

Le baiser de Roxane

Une petite place dans l'ancien Marais. Vieilles maisons. Perspectives de ruelles. À droite, la maison de Roxane et le mur de son jardin que débordent de larges feuillages. Au-dessus de la porte, fenêtre et balcon. Un bac devant le seuil. Du lierre grimpe au mur, du jasmin enguirlande le balcon, frissonne et retombe.

Par le banc et les pierres en saillie du mur, on peut facilement grimper au balcon.

En face, une ancienne maison de même style, brique et pierre, avec une porte d'entrée. Le heurtoir[1] *de cette porte est emmailloté de linge comme un pouce malade.*

Au lever de rideau, la duègne est assise sur le banc. La fenêtre est grande ouverte sur le balcon de Roxane.

Près de la duègne se tient debout Ragueneau, vêtu d'une sorte de livrée[2] *: il termine un récit, en s'essuyant les yeux.*

1. **Heurtoir** : petit marteau fixé à la porte des maisons, dont on se sert pour y frapper.
2. **Livrée** : vêtement porté par un domestique.

SCÈNE 1 – RAGUENEAU, LA DUÈGNE, *puis* ROXANE, CYRANO *et* DEUX PAGES

RAGUENEAU

... Et puis, elle est partie avec un mousquetaire !
Seul, ruiné, je me pends. J'avais quitté la terre.
Monsieur de Bergerac entre, et, me dépendant,
Me vient à sa cousine offrir comme intendant.

LA DUÈGNE

Mais comment expliquer cette ruine où vous êtes ?

RAGUENEAU

Lise aimait les guerriers, et j'aimais les poètes !
Mars mangeait les gâteaux que laissait Apollon :
– Alors, vous comprenez, cela ne fut pas long !

LA DUÈGNE, *se levant et appelant vers la fenêtre ouverte.*

Roxane, êtes-vous prête ?... On nous attend !

LA VOIX DE ROXANE, *par la fenêtre.*

Je passe
Une mante !

Ragueneau raconte ici les causes de sa ruine : le mousquetaire, amant de sa femme (représenté par Mars, le dieu de la guerre), et les poètes qu'il entretenait (représentés par Apollon, le dieu de la poésie) ont vécu à ses frais, et l'ont dépouillé de ses biens sans qu'il s'en aperçoive.

La duègne, *à Ragueneau, lui montrant la porte d'en face.*
C'est là qu'on nous attend, en face.
Chez Clomire[1]. Elle tient bureau, dans son réduit.
On y lit un discours sur le Tendre ➲, aujourd'hui.

Ragueneau

Sur le Tendre ?

La duègne, *minaudant.*
Mais oui !...

Criant vers la fenêtre.

Roxane, il faut descendre,
Ou nous allons manquer le discours sur le Tendre !

La voix de Roxane

Je viens !

On entend un bruit d'instruments à cordes qui se rapproche.

La voix de Cyrano, *chantant dans la coulisse.*
La ! la ! la ! la !

La duègne, *surprise.*
On nous joue un morceau ?

1. **Clomire** : surnom précieux.

➲ Le Tendre est un pays imaginaire, imaginé par la précieuse Madeleine de Scudéry dans son roman *Clélie, histoire romaine* (1654-1660). La carte du Tendre est une représentation allégorique des étapes de la vie amoureuse. Voir l'encadré « Deux écrivains précieux », p. 337.

CYRANO, *suivi de deux pages porteurs de théorbes*[1].
Je vous dis que la croche[2] est triple, triple sot !

PREMIER PAGE, *ironique.*
Vous savez donc, Monsieur, si les croches sont triples ?

CYRANO
Je suis musicien, comme tous les disciples
De Gassendi[3] !

LE PAGE, *jouant et chantant.*
La ! la !

CYRANO, *lui arrachant le théorbe et continuant la phrase musicale.*
Je peux continuer !
La ! la ! la ! la !

ROXANE, *paraissant sur le balcon.*
C'est vous ?

CYRANO, *chantant sur l'air qu'il continue.*
Moi qui viens saluer
Vos lys, et présenter mes respects à vos ro… ses !

ROXANE
Je descends !

Elle quitte le balcon.

1. **Théorbes** : sortes de luths.
2. **Croche** : note de musique.
3. **Gassendi (1592-1655)** : philosophe matérialiste dont le vrai Cyrano de Bergerac était le disciple.

LA DUÈGNE, *montrant les pages.*
Qu'est-ce donc que ces deux virtuoses ?

CYRANO
C'est un pari que j'ai gagné sur d'Assoucy[1].
Nous discutions un point de grammaire. – Non ! – Si !
Quand soudain me montrant ces deux grands escogriffes[2]
Habiles à gratter les cordes de leurs griffes,
Et dont il fait toujours son escorte, il me dit :
« Je te parie un jour de musique ! » Il perdit.
Jusqu'à ce que Phœbus recommence son orbe[3],
J'ai donc sur mes talons ces joueurs de théorbe,
De tout ce que je fais, harmonieux témoins !...
Ce fut d'abord charmant, et ce l'est déjà moins.
Aux musiciens.
Hep !... Allez de ma part jouer une pavane[4]
À Montfleury !
Les pages remontent pour sortir. – À la duègne.
Je viens demander à Roxane
Ainsi que chaque soir...
Aux pages qui sortent.
Jouez longtemps, – et faux !
À la duègne.
... Si l'ami de son âme est toujours sans défauts ?

1. **Charles d'Assoucy** : célèbre philosophe et musicien du XVIIe siècle.
2. **Escogriffes** : hommes de grande taille (l'expression est moqueuse).
3. **Jusqu'à ce que Phœbus recommence son orbe** : jusqu'au lendemain.
4. **Pavane** : danse très en vogue à l'époque.

ROXANE, *sortant de la maison.*
Ah ! qu'il est beau, qu'il a d'esprit et que je l'aime !

CYRANO, *souriant.*
Christian a tant d'esprit ?...

ROXANE
Mon cher, plus que vous-même !

CYRANO
J'y consens.

ROXANE
Il ne peut exister à mon goût
Plus fin diseur de ces jolis riens qui sont tout.
Parfois il est distrait, ses Muses sont absentes ;
Puis, tout à coup, il dit des choses ravissantes !

CYRANO, *incrédule.*
Non ?

ROXANE
C'est trop fort ! Voilà comme les hommes sont :
Il n'aura pas d'esprit puisqu'il est beau garçon !

CYRANO
Il sait parler du cœur d'une façon experte ?

ROXANE
Mais il n'en parle pas, Monsieur, il en disserte !

CYRANO
Il écrit ?

ROXANE

Mieux encore ! Écoutez donc un peu :

Déclamant.

« Plus tu me prends de cœur, plus j'en ai !... »

Triomphante, à Cyrano.

Hé ! bien ?

CYRANO

Peuh !...

ROXANE

Et ceci : « Pour souffrir, puisqu'il m'en faut un autre,
Si vous gardez mon cœur, envoyez-moi le vôtre ! »

CYRANO

Tantôt il en a trop et tantôt pas assez.
Qu'est-ce au juste qu'il veut, de cœur ?...

ROXANE, *frappant du pied.*

Vous m'agacez !

C'est la jalousie...

CYRANO, *tressaillant.*

Hein !

ROXANE

... d'auteur qui vous dévore !
– Et ceci, n'est-il pas du dernier tendre encore ?
« Croyez que devers[1] vous mon cœur ne fait qu'un cri,

1. **Devers** : devant.

Et que si les baisers s'envoyaient par écrit,
Madame, vous liriez ma lettre avec les lèvres !... »

CYRANO, *souriant malgré lui de satisfaction.*

Ha ! ha ! ces lignes-là sont... hé ! hé !

Se reprenant et avec dédain.

mais bien mièvres[1] !

ROXANE

Et ceci...

CYRANO, *ravi.*

Vous savez donc ses lettres par cœur ?

ROXANE

Toutes !

CYRANO, *frisant sa moustache.*

Il n'y a pas à dire : c'est flatteur.

ROXANE

C'est un maître !

CYRANO, *modeste.*

Oh !... un maître !...

ROXANE, *péremptoire[2].*

Un maître !

1. **Mièvres** : fades, sans esprit.
2. **Péremptoire** : catégorique, sûre d'elle.

CYRANO, *saluant.*

Soit !... un maître !

LA DUÈGNE, *qui était remontée, redescendant vivement.*

Monsieur de Guiche !

À Cyrano, le poussant vers la maison.

Entrez... car il vaut mieux, peut-être,
Qu'il ne vous trouve pas ici ; cela pourrait
Le mettre sur la piste...

ROXANE, *à Cyrano.*

Oui, de mon cher secret !
Il m'aime, il est puissant, il ne faut pas qu'il sache !
Il peut dans mes amours donner un coup de hache !

CYRANO, *entrant dans la maison.*

Bien ! bien ! bien !

De Guiche paraît.

SCÈNE 2 – ROXANE, DE GUICHE, LA DUÈGNE, *à l'écart.*

ROXANE, *à De Guiche, lui faisant une révérence.*

Je sortais.

DE GUICHE

Je viens prendre congé[1].

1. Prendre congé : faire mes adieux.

ROXANE

Vous partez ?

DE GUICHE

Pour la guerre.

ROXANE

Ah !

DE GUICHE

Ce soir même.

ROXANE

Ah !

DE GUICHE

J'ai

Des ordres. On assiège Arras.

ROXANE

Ah !... on assiège ?...

DE GUICHE

Oui... Mon départ a l'air de vous laisser de neige.

ROXANE, *poliment*.

Oh !...

Arras, ville du Nord de la France, était sous domination espagnole. En 1640, Louis XIII décide d'assiéger la ville pour la rattacher au royaume de France.

DE GUICHE

Moi, je suis navré. Vous reverrai-je ?… Quand ?
– Vous savez que je suis nommé mestre[1] de camp ?

ROXANE, *indifférente.*

Bravo.

DE GUICHE

Du régiment des gardes.

ROXANE, *saisie.*

Ah ! des gardes ?

DE GUICHE

Où sert votre cousin, l'homme aux phrases vantardes
Je saurai me venger de lui, là-bas.

ROXANE, *suffoquée.*

Comment !
Les gardes vont là-bas ?

DE GUICHE, *riant.*

Tiens ! c'est mon régiment !

ROXANE, *tombant assise sur le banc – à part.*

Christian !

DE GUICHE

Qu'avez-vous ?

1. **Mestre** : maître.

ROXANE, *tout émue.*

Ce... départ... me désespère !
Quand on tient à quelqu'un, le savoir à la guerre !

DE GUICHE, *surpris et charmé.*

Pour la première fois me dire un mot si doux,
Le jour de mon départ ➲ !

ROXANE, *changeant de ton et s'éventant.*

Alors, – vous allez vous
Venger de mon cousin ?...

DE GUICHE, *souriant...*

On est pour lui ?

ROXANE

Non, – contre !

DE GUICHE

Vous le voyez ?

ROXANE

Très peu.

DE GUICHE

Partout on le rencontre

➲ **De Guiche croit que Roxane parle de lui, alors qu'elle pense à Christian. La jeune femme entretient volontairement le malentendu tout le reste de la scène, en utilisant des expressions ambiguës, c'est-à-dire pouvant être interprétées de deux manières différentes.**

Avec un des cadets...

Il cherche le nom.

Ce Neu... villen... viller...

ROXANE

Un grand ?

DE GUICHE

Blond.

ROXANE

Roux.

DE GUICHE

Beau !...

ROXANE

Peuh !

DE GUICHE

Mais bête.

ROXANE

Il en a l'air !

Changeant de ton.

Votre vengeance envers Cyrano, – c'est peut-être
De l'exposer au feu, qu'il adore ?... Elle est piètre[1] !
Je sais bien moi, ce qui lui serait sanglant !

1. **Piètre** : très médiocre.

DE GUICHE

C'est ?...

ROXANE

Mais si le régiment, en partant, le laissait
Avec ses chers cadets, pendant toute la guerre,
À Paris, bras croisés !... C'est la seule manière,
Un homme comme lui, de le faire enrager :
Vous voulez le punir ? privez-le de danger.

DE GUICHE

Une femme ! une femme ! il n'y a qu'une femme
Pour inventer ce tour !

ROXANE

Il se rongera l'âme,
Et ses amis les poings, de n'être pas au feu[1] :
Et vous serez vengé !

DE GUICHE, *se rapprochant.*

Vous m'aimez donc un peu !

Elle sourit.

Je veux voir dans ce fait d'épouser ma rancune
Une preuve d'amour, Roxane !...

ROXANE

C'en est une.

1. **Au feu** : sur le champ de bataille.

DE GUICHE, *montrant plusieurs plis cachetés*[1].

J'ai les ordres sur moi qui vont être transmis
À chaque compagnie, à l'instant même, hormis...

Il en détache un.

Celui-ci ! C'est celui des cadets.

Il le met dans sa poche.

Je le garde.

Riant.

Ah ! ah ! ah ! Cyrano !... Son humeur bataillarde !...
– Vous jouez donc des tours aux gens, vous ?...

ROXANE, *le regardant.*

Quelquefois.

DE GUICHE, *tout près d'elle.*

Vous m'affolez ! Ce soir – écoutez – oui, je dois
Être parti. Mais fuir quand je vous sens émue !...
Écoutez. Il y a, près d'ici, dans la rue
D'Orléans, un couvent fondé par le syndic
Des capucins[2], le Père Athanase. Un laïc
N'y peut entrer. Mais les bons Pères, je m'en charge !
Ils peuvent me cacher dans leur manche : elle est large.
– Ce sont les capucins qui servent Richelieu
Chez lui ; redoutant l'oncle, ils craignent le neveu. –
On me croira parti. Je viendrai sous le masque.
Laissez-moi retarder d'un jour, chère fantasque[3] !

1. **Cachetés** : fermés avec de la cire.
2. **Capucins** : ordre religieux.
3. **Fantasque** : qui change brusquement d'humeur.

ROXANE, *vivement.*

Mais si cela s'apprend, votre gloire...

DE GUICHE

Bah !

ROXANE

Mais

Le siège, Arras...

DE GUICHE

Tant pis ! Permettez !

ROXANE

Non !

DE GUICHE

Permets !

ROXANE, *tendrement.*

Je dois vous le défendre !

DE GUICHE

Ah !

ROXANE

Partez !

À part.

Christian reste.

Haut.

Je vous veux héroïque, – Antoine !

DE GUICHE

Mot céleste !

Vous aimez donc celui ?...

ROXANE

Pour lequel j'ai frémi.

DE GUICHE, *transporté de joie.*

Ah ! je pars !

Il lui baise la main.

Êtes-vous contente ?

ROXANE

Oui, mon ami !

Il sort.

LA DUÈGNE, *lui faisant dans le dos une révérence comique.*

Oui, mon ami !

ROXANE, *à la duègne.*

Taisons ce que je viens de faire :
Cyrano m'en voudrait de lui voler sa guerre !

Elle appelle vers la maison.

Cousin !

SCÈNE 3 – ROXANE, LA DUÈGNE, CYRANO

ROXANE

Nous allons chez Clomire.

Elle désigne la porte d'en face.

Alcandre y doit
Parler, et Lysimon !

LA DUÈGNE, *mettant son petit doigt dans son oreille.*

Oui ! mais mon petit doigt
Dit qu'on va les manquer !

CYRANO, *à Roxane.*

Ne manquez pas ces singes.

Ils sont arrivés devant la porte de Clomire.

LA DUÈGNE, *avec ravissement.*

Oh ! voyez ! le heurtoir est entouré de linges !...

Au heurtoir.

On vous a bâillonné pour que votre métal
Ne troublât pas les beaux discours – petit brutal !
Elle le soulève avec des soins infinis et frappe doucement.

ROXANE, *voyant qu'on ouvre.*

Entrons !...

Du seuil, à Cyrano.

Si Christian vient, comme je le présume,
Qu'il m'attende !

CYRANO, *vivement, comme elle va disparaître.*

Ah !...

Elle se retourne.

Sur quoi, selon votre coutume,
Comptez-vous aujourd'hui l'interroger ?

ROXANE

Sur...

CYRANO, *vivement.*

Sur ?

ROXANE

Mais vous serez muet, là-dessus ?

CYRANO

Comme un mur.

ROXANE

Sur rien !... Je vais lui dire : Allez ! Partez sans bride[1] !
Improvisez. Parlez d'amour. Soyez splendide !

CYRANO, *souriant.*

Bon.

ROXANE

Chut !...

CYRANO

Chut !...

1. **Sans bride** : librement.

ROXANE

Pas un mot !...

Elle rentre et referme la porte.

CYRANO, *la saluant, la porte une fois fermée.*

En vous remerciant !

La porte se rouvre et Roxane passe la tête.

ROXANE

Il se préparerait !...

CYRANO

Diable, non !...

TOUS LES DEUX, *ensemble.*

Chut !...

La porte se ferme.

CYRANO, *appelant.*

Christian !

SCÈNE 4 – CYRANO, CHRISTIAN

CYRANO, *vite, à Christian.*

Je sais tout ce qu'il faut. Prépare ta mémoire.
Voici l'occasion de se couvrir de gloire.
Ne perdons pas de temps. Ne prends pas l'air grognon.
Vite, rentrons chez toi, je vais t'apprendre...

CHRISTIAN

Non !

CYRANO

Hein ?

CHRISTIAN

Non ! J'attends Roxane ici.

CYRANO

De quel vertige
Es-tu frappé ? Viens vite apprendre...

CHRISTIAN

Non, te dis-je !
Je suis las d'emprunter mes lettres, mes discours,
Et de jouer ce rôle, et de trembler toujours !...
C'était bon au début ! Mais je sens qu'elle m'aime !
Merci. Je n'ai plus peur. Je vais parler moi-même.

CYRANO

Ouais !

CHRISTIAN

Et qui te dit que je ne saurai pas ?...
Je ne suis pas si bête à la fin ! Tu verras !
Mais, mon cher, tes leçons m'ont été profitables.
Je saurai parler seul ! Et, de par tous les diables,
Je saurai bien toujours la prendre dans mes bras !...
Apercevant Roxane, qui ressort de chez Clomire.
– C'est elle ! Cyrano, non, ne me quitte pas !

CYRANO, *le saluant.*

Parlez tout seul, Monsieur.

Il disparaît derrière le mur du jardin.

SCÈNE 5 – CHRISTIAN, ROXANE, QUELQUES PRÉCIEUX *et* PRÉCIEUSES, *et* LA DUÈGNE, *un instant.*

ROXANE, *sortant de la maison de Clomire avec une compagne qu'elle quitte : révérences et saluts.*

Barthénoïde ! – Alcandre ! –
Grémione[1] !...

LA DUÈGNE, *désespérée.*

On a manqué le discours sur le Tendre !

Elle rentre chez Roxane.

ROXANE, *saluant encore.*

Urimédonte !... Adieu !...

Tous saluent Roxane, se resaluent entre eux, se séparent et s'éloignent par différentes rues. Roxane voit Christian.

C'est vous !...

Elle va à lui.

Le soir descend.
Attendez. Ils sont loin. L'air est doux. Nul passant.
Asseyons-nous. Parlez. J'écoute.

CHRISTIAN *s'assied près d'elle, sur le banc. Un silence.*

Je vous aime.

1. **Barthénoïde, Alcandre, Grémione, et plus loin Urimédonte** : surnoms précieux.

ROXANE, *fermant les yeux.*

Oui, parlez-moi d'amour.

CHRISTIAN

Je t'aime.

ROXANE

C'est le thème.
Brodez, brodez[1].

CHRISTIAN

Je vous...

ROXANE

Brodez !

CHRISTIAN

Je t'aime tant.

ROXANE

Sans doute. Et puis ?

CHRISTIAN

Et puis... Je serais si content
Si vous m'aimiez ! – Dis-moi, Roxane, que tu m'aimes !

ROXANE, *avec une moue.*

Vous m'offrez du brouet[2] quand j'espérais des crèmes !
Dites un peu comment vous m'aimez ?...

1. **Brodez** : développez.
2. **Brouet** : bouillie.

CHRISTIAN

Mais... beaucoup.

ROXANE

Oh !... Délabyrinthez vos sentiments !

CHRISTIAN, *qui s'est rapproché et dévore des yeux la nuque blonde.*

Ton cou !

Je voudrais l'embrasser !...

ROXANE

Christian !

CHRISTIAN

Je t'aime !

ROXANE, *voulant se lever.*

Encore !

CHRISTIAN, *vivement, la retenant.*

Non ! je ne t'aime pas !

ROXANE, *se rasseyant.*

C'est heureux !

CHRISTIAN

Je t'adore !

ROXANE, *se levant et s'éloignant.*

Oh !

Christian

Oui… je deviens sot !

Roxane, *sèchement.*

Et cela me déplaît !

Comme il me déplairait que vous devinssiez laid.

Christian

Mais…

Roxane

Allez rassembler votre éloquence en fuite !

Christian

Je…

Roxane

Vous m'aimez, je sais. Adieu.

Elle va vers la maison.

Christian

Pas tout de suite !

Je vous dirai…

Roxane, *poussant la porte pour entrer.*

Que vous m'adorez… oui, je sais.

Non ! non ! Allez-vous-en !

Christian

Mais je…

Elle lui ferme la porte au nez.

CYRANO, *qui depuis un moment est rentré sans être vu.*
C'est un succès.

SCÈNE 6 – CHRISTIAN, CYRANO, LES PAGES, *un instant.*

CHRISTIAN

Au secours !

CYRANO

Non, Monsieur.

CHRISTIAN

Je meurs si je ne rentre
En grâce[1], à l'instant même…

CYRANO

Et comment puis-je, diantre !
Vous faire à l'instant même, apprendre ?…

CHRISTIAN, *lui saisissant le bras.*
Oh ! là, tiens, vois !
La fenêtre du balcon s'est éclairée.

CYRANO, *ému.*

Sa fenêtre !

CHRISTIAN, *criant.*

Je vais mourir !

1. **Si je ne rentre en grâce** : si je ne regagne l'estime de Roxane.

CYRANO

Baissez la voix !

CHRISTIAN, *tout bas.*

Mourir !...

CYRANO

La nuit est noire...

CHRISTIAN

Eh ! bien ?

CYRANO

C'est réparable !
Vous ne méritez pas... Mets-toi là, misérable !
Là, devant le balcon ! Je me mettrai dessous...
Et je te soufflerai tes mots.

CHRISTIAN

Mais...

CYRANO

Taisez-vous !

LES PAGES, *reparaissant au fond, à Cyrano.*

Hep !

CYRANO

Chut !...

Il leur fait signe de parler bas.

PREMIER PAGE, *à mi-voix.*

Nous venons de donner la sérénade[1]
À Montfleury !...

CYRANO, *bas, vite.*

Allez vous mettre en embuscade,
L'un à ce coin de rue, et l'autre à celui-ci ;
Et si quelque passant gênant vient par ici,
Jouez un air !

DEUXIÈME PAGE

Quel air, monsieur le gassendiste[2] ?

CYRANO

Joyeux pour une femme, et, pour un homme, triste !

Les pages disparaissent, un à chaque coin de rue.
– À Christian.

Appelle-la !

CHRISTIAN

Roxane !

CYRANO, *ramassant des cailloux qu'il jette dans les vitres.*

Attends ! Quelques cailloux.

1. **Sérénade** : concert donné le soir sous le balcon de la femme aimée.
2. **Gassendiste** : disciple de Gassendi.

SCÈNE 7 – ROXANE, CHRISTIAN, CYRANO, *d'abord caché sous le balcon.*

ROXANE, *entrouvrant sa fenêtre.*
Qui donc m'appelle ?

CHRISTIAN
Moi.

ROXANE
Qui moi ?

CHRISTIAN
Christian.

ROXANE, *avec dédain.*
C'est vous ?

CHRISTIAN
Je voudrais vous parler.

CYRANO, *sous le balcon, à Christian.*
Bien. Bien. Presque à voix basse.

ROXANE
Non ! Vous parlez trop mal. Allez-vous-en !

CHRISTIAN
De grâce[1] !...

1. **De grâce** ! Je vous en prie !

ROXANE

Non ! Vous ne m'aimez plus !

CHRISTIAN, *à qui Cyrano souffle ses mots.*

M'accuser, – justes dieux ! –
De n'aimer plus... quand... j'aime plus !

ROXANE, *qui allait refermer sa fenêtre, s'arrêtant.*

Tiens, mais c'est mieux !

CHRISTIAN, *même jeu.*

L'amour grandit bercé dans mon âme inquiète...
Que ce... cruel marmot[1] prit pour... barcelonnette[2] !

ROXANE, *s'avançant sur le balcon.*

C'est mieux ! – Mais puisqu'il est cruel, vous fûtes sot
De ne pas, cet amour, l'étouffer au berceau !

CHRISTIAN, *même jeu.*

Aussi l'ai-je tenté, mais... tentative nulle :
Ce... nouveau-né, Madame, est un petit... Hercule.

ROXANE

C'est mieux !

1. **Marmot** : petit garçon, enfant (familier).
2. **Barcelonnette** : berceau suspendu.

Dans son discours, Christian multiplie les références à la mythologie. Le « cruel marmot » évoque Cupidon, le dieu de l'amour, représenté sous les traits d'un petit enfant portant dans son carquois les flèches qui percent le cœur. Hercule, fils illégitime de Zeus et d'une mortelle, doué d'une force surhumaine, étrangla, encore au berceau, deux serpents qu'Héra, la femme de Zeus, lui avait envoyés pour le tuer.

CHRISTIAN, *même jeu.*
De sorte qu'il... strangula[1] comme rien...
Les deux serpents... Orgueil et... Doute.

ROXANE, *s'accoudant au balcon.*
Ah ! c'est très bien.
– Mais pourquoi parlez-vous de façon peu hâtive ?
Auriez-vous donc la goutte à l'imaginative[2] ?

CYRANO, *tirant Christian sous le balcon et se glissant à sa place.*
Chut ! Cela devient trop difficile !...

ROXANE
Aujourd'hui...
Vos mots sont hésitants. Pourquoi ?

CYRANO, *parlant à mi-voix, comme Christian.*
C'est qu'il fait nuit,
Dans cette ombre, à tâtons, ils cherchent votre oreille.

ROXANE
Les miens n'éprouvent pas difficulté pareille.

CYRANO
Ils trouvent tout de suite ? Oh ! cela va de soi,
Puisque c'est dans mon cœur, eux, que je les reçoi ;

---

1. **Strangula** : étrangla.
2. **Goutte** : maladie provoquant la paralysie des membres inférieurs ; **à l'imaginative** : à l'imagination.

Or, moi, j'ai le cœur grand, vous, l'oreille petite.
D'ailleurs vos mots à vous descendent : ils vont vite,
Les miens montent, Madame : il leur faut plus de temps !

ROXANE

Mais ils montent bien mieux depuis quelques instants.

CYRANO

De cette gymnastique, ils ont pris l'habitude !

ROXANE

Je vous parle, en effet, d'une vraie altitude !

CYRANO

Certes, et vous me tueriez si de cette hauteur
Vous me laissiez tomber un mot dur sur le cœur !

ROXANE, *avec un mouvement.*

Je descends.

CYRANO, *vivement.*

Non !

ROXANE, *lui montrant le banc qui est sous le balcon.*

Grimpez sur le banc, alors, vite !

CYRANO, *reculant avec effroi dans la nuit.*

Non !

ROXANE

Comment… non ?

CYRANO, *que l'émotion gagne de plus en plus.*

Laissez un peu que l'on profite…
De cette occasion qui s'offre… de pouvoir
Se parler doucement sans se voir.

ROXANE

Sans se voir ?

CYRANO

Mais oui, c'est adorable. On se devine à peine.
Vous voyez la noirceur d'un long manteau qui traîne,
J'aperçois la blancheur d'une robe d'été :
Moi je ne suis qu'une ombre, et vous qu'une clarté !
Vous ignorez pour moi ce que sont ces minutes !
Si quelquefois je fus éloquent…

ROXANE

Vous le fûtes !

CYRANO

Mon langage jamais jusqu'ici n'est sorti
De mon vrai cœur…

ROXANE

Pourquoi ?

CYRANO

Parce que… jusqu'ici

Je parlais à travers...

ROXANE

Quoi ?

CYRANO

... le vertige où tremble
Quiconque est sous vos yeux !... Mais, ce soir, il me semble...
Que je vais vous parler pour la première fois !

ROXANE

C'est vrai que vous avez une tout autre voix.

CYRANO, *se rapprochant avec fièvre.*

Oui, tout autre, car dans la nuit qui me protège
J'ose être enfin moi-même, et j'ose...

Il s'arrête et, avec égarement.

Où en étais-je ?
Je ne sais... tout ceci, – pardonnez mon émoi, –
C'est si délicieux... c'est si nouveau pour moi !

ROXANE

Si nouveau ?

CYRANO, *bouleversé, et essayant toujours de rattraper ses mots.*

Si nouveau... mais oui... d'être sincère :
La peur d'être raillé[1], toujours au cœur me serre...

1. **Raillé** : moqué.

ROXANE

Raillé de quoi ?

CYRANO

Mais de... d'un élan !... Oui, mon cœur,
Toujours, de mon esprit s'habille, par pudeur :
Je pars pour décrocher l'étoile, et je m'arrête
Par peur du ridicule, à cueillir la fleurette[1] !

ROXANE

La fleurette a du bon.

CYRANO

Ce soir, dédaignons-la !

ROXANE

Vous ne m'aviez jamais parlé comme cela !

CYRANO

Ah ! si, loin des carquois[2], des torches et des flèches,
On se sauvait un peu vers des choses... plus fraîches !
Au lieu de boire goutte à goutte, en un mignon
Dé à coudre d'or fin, l'eau fade du Lignon[3],
Si l'on tentait de voir comment l'âme s'abreuve
En buvant largement à même le grand fleuve !

1. **Cueillir la fleurette** : tenir des discours galants.
2. **Carquois** : étui contenant les flèches ; autre allusion au dieu de l'amour.
3. **Lignon** : rivière du Massif central, mise à l'honneur par *L'Astrée*, le roman d'Honoré d'Urfé.

ROXANE

Mais l'esprit ?...

CYRANO

J'en ai fait pour vous faire rester
D'abord, mais maintenant ce serait insulter
Cette nuit, ces parfums, cette heure, la Nature,
Que de parler comme un billet doux de Voiture[1] !
– Laissons, d'un seul regard de ses astres, le ciel
Nous désarmer de tout notre artificiel :
Je crains tant que parmi notre alchimie[2] exquise
Le vrai du sentiment ne se volatilise,
Que l'âme ne se vide à ces passe-temps vains,
Et que le fin du fin ne soit la fin des fins !

ROXANE

Mais l'esprit ?...

CYRANO

Je le hais dans l'amour ! C'est un crime
Lorsqu'on aime, de trop prolonger cette escrime !
Le moment vient d'ailleurs inévitablement,
– Et je plains ceux pour qui ne vient pas ce moment ! –
Où nous sentons qu'en nous un amour noble existe
Que chaque joli mot que nous disons rend triste !

---

1. **Un billet doux de Voiture** : un poème d'amour composé par Vincent Voiture, célèbre poète précieux de l'époque.
2. **Alchimie** : ici, entente parfaite.

ROXANE

Eh bien ! si ce moment est venu pour nous deux,
Quels mots me direz-vous ?

CYRANO

Tous ceux, tous ceux, tous ceux
Qui me viendront, je vais vous les jeter, en touffe,
Sans les mettre en bouquets : je vous aime, j'étouffe,
Je t'aime, je suis fou, je n'en peux plus, c'est trop ;
Ton nom est dans mon cœur comme dans un grelot,
Et comme tout le temps, Roxane, je frissonne,
Tout le temps, le grelot s'agite, et le nom sonne !
De toi, je me souviens de tout, j'ai tout aimé :
Je sais que l'an dernier, un jour, le douze mai,
Pour sortir le matin tu changeas de coiffure !
J'ai tellement pris pour clarté ta chevelure
Que comme lorsqu'on a trop fixé le soleil,
On voit sur toute chose ensuite un rond vermeil[1],
Sur tout, quand j'ai quitté les feux dont tu m'inondes,
Mon regard ébloui pose des taches blondes !

ROXANE, *d'une voix troublée.*

Oui, c'est bien de l'amour…

CYRANO

Certes, ce sentiment
Qui m'envahit, terrible et jaloux, c'est vraiment
De l'amour, il en a toute la fureur triste !

---

1. **Vermeil** : rouge.

De l'amour, – et pourtant il n'est pas égoïste !
Ah ! que pour ton bonheur je donnerais le mien,
Quand même tu devrais n'en savoir jamais rien,
S'il se pouvait, parfois, que de loin, j'entendisse
Rire un peu le bonheur né de mon sacrifice !
– Chaque regard de toi suscite une vertu
Nouvelle, une vaillance[1] en moi ! Commences-tu
À comprendre, à présent ? voyons, te rends-tu compte ?
Sens-tu mon âme, un peu, dans cette ombre, qui monte ?...
Oh ! mais vraiment, ce soir, c'est trop beau, c'est trop doux !
Je vous dis tout cela, vous m'écoutez, moi, vous !
C'est trop ! Dans mon espoir même le moins modeste,
Je n'ai jamais espéré tant ! Il ne me reste
Qu'à mourir maintenant ! C'est à cause des mots
Que je dis qu'elle tremble entre les bleus rameaux[2] !
Car vous tremblez, comme une feuille entre les feuilles !
Car tu trembles ! car j'ai senti, que tu le veuilles
Ou non, le tremblement adoré de ta main
Descendre tout le long des branches du jasmin !

Il baise éperdument l'extrémité d'une branche pendante.

ROXANE

Oui, je tremble, et je pleure, et je t'aime, et suis tienne !
Et tu m'as enivrée !

CYRANO

Alors, que la mort vienne !

---

1. **Vaillance** : courage.
2. **Rameaux** : branches fines.

Cette ivresse, c'est moi, moi, qui l'ai su causer !
Je ne demande plus qu'une chose…

CHRISTIAN, *sous le balcon.*

Un baiser !

ROXANE, *se rejetant en arrière.*

Hein ?

CYRANO

Oh !

ROXANE

Vous demandez ?

CYRANO

Oui… je…

À Christian, bas.

Tu vas trop vite.

CHRISTIAN

Puisqu'elle est si troublée, il faut que j'en profite !

CYRANO, *à Roxane.*

Oui, je… j'ai demandé, c'est vrai… mais justes cieux !
Je comprends que je fus bien trop audacieux.

ROXANE, *un peu déçue.*

Vous n'insistez pas plus que cela ?

Le Baiser de Roxane, *illustration de Paul Albert Laurens, 1910.*

► Quels éléments de la scène 7 de l'acte III reconnais-tu sur cette illustration ?

► Compare cette représentation de la scène du balcon avec celle de la page IV du cahier photos central. Laquelle préfères-tu et pourquoi ?

► Le décor de cette image est-il théâtral ? Pour quelle raison ?

CYRANO

Si ! j'insiste...
Sans insister !... Oui, oui ! votre pudeur s'attriste !
Eh bien ! mais, ce baiser... ne me l'accordez pas !

CHRISTIAN, *à Cyrano, le tirant par son manteau.*

Pourquoi ?

CYRANO

Tais-toi, Christian !

ROXANE, *se penchant.*

Que dites-vous tout bas ?

CYRANO

Mais d'être allé trop loin, moi-même je me gronde ;
Je me disais : tais-toi, Christian !...

Les théorbes[1] se mettent à jouer.

Une seconde !...
On vient !

Roxane referme la fenêtre. Cyrano écoute les théorbes, dont l'un joue un air folâtre et l'autre un air lugubre.

Air triste ? Air gai ?... Quel est donc leur dessein ?
Est-ce un homme ? Une femme ? – Ah ! c'est un capucin !

Entre un capucin qui va de maison en maison, une lanterne à la main, regardant les portes.

1. **Théorbes** : instruments à cordes pincées, au son un peu plus grave que celui du luth.

LECTURE ACTIVE 7

Acte III, scène 7

As-tu bien lu ?

1 Où Roxane se trouve-t-elle ?
☐ dans la rue ☐ au théâtre ☐ sur son balcon

2 **a.** Au début de la scène, quelle est l'attitude de Roxane vis-à-vis de Christian ?
☐ Elle est impatiente de le voir. ☐ Elle est fâchée contre lui.

b. Qu'est-ce qui la fait changer d'attitude ?

3 Pourquoi Christian parle-t-il bas et lentement ?

4 Que se passe-t-il à compter du vers 1378 ?

5 Comment la scène se termine-t-elle ?

Atelier théâtre

Jouer au metteur en scène

▶ ***Objectif.*** Proposer une mise en scène de la « scène du balcon ».

▶ ***Préparation.*** Par groupes de cinq, réfléchir à la façon de représenter le début de la scène 7 (v. 1362-1393). S'imprégner des différentes étapes de l'action. Se demander comment représenter le balcon, la nuit..., comment les acteurs doivent se placer et jouer les changements de locuteur (Christian puis Cyrano).

▶ ***Mise en jeu.*** Chaque groupe présente sa version en s'aidant du livre pour dire les vers : l'objectif est de bien rendre compte de l'action et des émotions des personnages. On peut aussi jouer avec ses propres mots.

▶ ***Réfléchir ensemble.*** Échanger sur les différentes mises en scène. Lesquelles sont visuellement claires et « parlantes » ? Comment les groupes se sont-ils débrouillés, malgré des moyens limités ?

SCÈNE 8 – CYRANO, CHRISTIAN, UN CAPUCIN

CYRANO, *au capucin.*

Quel est ce jeu renouvelé de Diogène ?

LE CAPUCIN

Je cherche la maison de madame...

CHRISTIAN

Il nous gêne !

LE CAPUCIN

Magdeleine Robin...

CHRISTIAN

Que veut-il ?...

CYRANO, *lui montrant une rue montante.*

Par ici !

Tout droit, – toujours tout droit...

LE CAPUCIN

Je vais pour vous – merci :

Dire mon chapelet jusqu'au grain majuscule[1].

Il sort.

1. **Chapelet** : sorte de collier sur lequel sont enfilés des « grains », qu'on égrène en récitant des prières.

On raconte que Diogène, célèbre philosophe de la Grèce ancienne, parcourait en plein jour les rues d'Athènes avec une lanterne à la main, et répondait à ceux qui l'interrogeaient : « Je cherche un homme. »

CYRANO

Bonne chance ! Mes vœux suivent votre cuculle[1] !

Il redescend vers Christian.

SCÈNE 9 – CYRANO, CHRISTIAN

CHRISTIAN

Obtiens-moi ce baiser !

CYRANO

Non !

CHRISTIAN

Tôt ou tard...

CYRANO

C'est vrai

Il viendra, ce moment de vertige enivré
Où vos bouches iront l'une vers l'autre, à cause
De ta moustache blonde et de sa lèvre rose !

À lui-même.

J'aime mieux que ce soit à cause de...

Bruits des volets qui se rouvrent. Christian se cache sous le balcon.

SCÈNE 10 – CYRANO, CHRISTIAN, ROXANE

ROXANE, *s'avançant sur le balcon.*

C'est vous ?

Nous parlions de... de... d'un...

1. **Cuculle** : capuchon de moine.

CYRANO

Baiser. Le mot est doux.
Je ne vois pas pourquoi votre lèvre ne l'ose ;
S'il la brûle déjà, que sera-ce la chose ?
Ne vous en faites pas un épouvantement :
N'avez-vous pas tantôt, presque insensiblement,
Quitté le badinage[1] et glissé sans alarmes
Du sourire au soupir, et du soupir aux larmes !
Glissez encore un peu d'insensible façon :
Des larmes au baiser il n'y a qu'un frisson !

ROXANE

Taisez-vous !

CYRANO

Un baiser, mais à tout prendre, qu'est-ce ?
Un serment fait d'un peu plus près, une promesse
Plus précise, un aveu qui veut se confirmer,
Un point rose qu'on met sur l'i du verbe aimer ;
C'est un secret qui prend la bouche pour oreille,
Un instant d'infini qui fait un bruit d'abeille,
Une communion ayant un goût de fleur,
Une façon d'un peu se respirer le cœur,
Et d'un peu se goûter, au bord des lèvres, l'âme !

ROXANE

Taisez-vous !

1. **Badinage** : conversation galante.

CYRANO

Un baiser, c'est si noble, Madame,
Que la reine de France, au plus heureux des lords[1],
En a laissé prendre un, la reine même ➲ !

ROXANE

Alors !

CYRANO, *s'exaltant.*

J'eus comme Buckingham des souffrances muettes,
J'adore comme lui la reine que vous êtes,
Comme lui je suis triste et fidèle…

ROXANE

Et tu es
Beau comme lui !

CYRANO, *à part, dégrisé*[2].

C'est vrai, je suis beau, j'oubliais !

ROXANE

Eh bien ! montez cueillir cette fleur sans pareille…

CYRANO, *poussant Christian vers le balcon.*

Monte !

1. **Lords** : nobles anglais.
2. **Dégrisé** : désenivré, revenu à la réalité.

➲ **Cyrano fait ici allusion à l'histoire d'amour qui lia l'épouse de Louis XIII, Anne d'Autriche, et le duc de Buckingham. Cette histoire sert de trame au roman d'Alexandre Dumas, *Les Trois Mousquetaires*, auquel il est fait plusieurs fois allusion dans *Cyrano de Bergerac*.**

ROXANE

Ce goût de cœur[1]...

CYRANO

Monte !

ROXANE

Ce bruit d'abeille...

CYRANO

Monte !

CHRISTIAN, *hésitant.*

Mais il me semble, à présent, que c'est mal !

ROXANE

Cet instant d'infini !...

CYRANO, *le poussant.*

Monte donc, animal !

Christian s'élance, et par le banc, le feuillage, les piliers, atteint les balustres qu'il enjambe.

CHRISTIAN

Ah ! Roxane !...

Il l'enlace et se penche sur ses lèvres.

CYRANO

Aie ! au cœur, quel pincement bizarre !

1. **Ce goût de cœur** [...] **Ce bruit d'abeille** [...] **Cet instant d'infini** : métaphores précieuses.

– Baiser, festin d'amour dont je suis le Lazare ➲ !
Il me vient de cette ombre une miette de toi, –
Mais oui, je sens un peu mon cœur qui te reçoit,
Puisque sur cette lèvre où Roxane se leurre[1]
Elle baise les mots que j'ai dits tout à l'heure !

On entend les théorbes.

Un air triste, un air gai : le capucin !

Il feint[2] de courir comme s'il arrivait de loin, et d'une voix claire.

Holà !

ROXANE

Qu'est-ce ?

CYRANO

Moi. je passais... Christian est encor là ?

CHRISTIAN, *très étonné.*

Tiens, Cyrano !

ROXANE

Bonjour, cousin !

CYRANO

Bonjour, cousine !

ROXANE

Je descends !

Elle disparaît dans la maison. Au fond rentre le capucin.

---

1. **Se leurre** : s'illusionne.
2. **Feint** : fait semblant.

➲ **Dans l'Évangile de Luc, Lazare est le pauvre qui se nourrit des restes du banquet du mauvais riche.**

CHRISTIAN, *l'apercevant.*

Oh ! encor !

Il suit Roxane.

SCÈNE 11 – CYRANO, CHRISTIAN, ROXANE, LE CAPUCIN, RAGUENEAU

LE CAPUCIN

C'est ici – je m'obstine –
Magdeleine Robin !

CYRANO

Vous aviez dit : Ro-*lin*.

LE CAPUCIN

Non : *bin*. B, i, n *bin* !

ROXANE, *paraissant sur le seuil de la maison, suivie de Ragueneau, qui porte une lanterne, et de Christian.*

Qu'est-ce ?

LE CAPUCIN

Une lettre.

CHRISTIAN

Hein ?

LE CAPUCIN, *à Roxane.*

Oh ! il ne peut s'agir que d'une sainte chose !
C'est un digne seigneur qui...

ROXANE, *à Christian.*

C'est De Guiche !

CHRISTIAN

Il ose ?...

ROXANE

Oh ! mais il ne va pas m'importuner toujours !
Décachetant la lettre.
Je t'aime, et si...
À la lueur de la lanterne de Ragueneau, elle lit, à l'écart, à voix basse.
« Mademoiselle,
Les tambours
Battent ; mon régiment boucle sa soubreveste[1] ;
Il part ; moi, l'on me croit déjà parti : je reste.
Je vous désobéis. Je suis dans ce couvent.
Je vais venir, et vous le mande[2] auparavant
Par un religieux simple[3] comme une chèvre
Qui ne peut rien comprendre à ceci. Votre lèvre
M'a trop souri tantôt : j'ai voulu la revoir.
Éloignez un chacun, et daignez recevoir
L'audacieux déjà pardonné, je l'espère,
Qui signe votre très... et cætera... »
Au capucin.
Mon père,
Voici ce que me dit cette lettre. Écoutez.

1. **Soubreveste** : long vêtement sans manche que portent les mousquetaires.
2. **Vous le mande** : vous en informe.
3. **Simple** : bête.

Tous se rapprochent, elle lit à haute voix ➲.

« Mademoiselle,
Il faut souscrire aux volontés[1]
Du Cardinal, si dur que cela vous puisse être.
C'est la raison pourquoi j'ai fait choix, pour remettre
Ces lignes en vos mains charmantes, d'un très saint,
D'un très intelligent et discret capucin ;
Nous voulons qu'il vous donne, et dans votre demeure,
La bénédiction

Elle tourne la page.

nuptiale sur l'heure.
Christian doit en secret devenir votre époux ;
Je vous l'envoie. Il vous déplaît. Résignez-vous.
Songez bien que le Ciel bénira votre zèle,
Et tenez pour tout assuré, mademoiselle,
Le respect de celui qui fut et qui sera
Toujours votre très humble et très… et cætera. »

LE CAPUCIN, *rayonnant.*

Digne seigneur !… Je l'avais dit. J'étais sans crainte !
Il ne pouvait s'agir que d'une chose sainte !

ROXANE, *bas à Christian.*

N'est-ce pas que je lis très bien les lettres ?

CHRISTIAN

Hum !

1. **Souscrire aux volontés** : obéir aux ordres.

➲ **Pour tromper le capucin, Roxane lit la lettre écrite par De Guiche en en changeant le contenu : elle fait dire à ce dernier qu'il souhaite qu'elle épouse Christian. Elle n'oublie pas, au passage, de flatter le religieux, et de lui promettre une récompense.**

ROXANE, *haut, avec désespoir.*

Ah !... c'est affreux !

LE CAPUCIN, *qui a dirigé sur Cyrano la clarté de sa lanterne.*

C'est vous ?

CHRISTIAN

C'est moi !

LE CAPUCIN, *tournant la lumière vers lui,*
et, comme si un doute lui venait, en voyant sa beauté.

Mais...

ROXANE, *vivement.*

Post-scriptum :
« Donnez pour le couvent cent vingt pistoles[1]. »

LE CAPUCIN

Digne,
Digne seigneur !

À Roxane.

Résignez-vous !

ROXANE, *en martyre.*

Je me résigne !

Pendant que Ragueneau ouvre la porte au capucin que Christian invite à entrer, elle dit bas à Cyrano :

Vous, retenez ici De Guiche ! Il va venir !
Qu'il n'entre pas tant que...

1. **Pistoles** : ancienne monnaie.

CYRANO

Compris !

Au capucin.

Pour les bénir

Il vous faut ?...

LE CAPUCIN

Un quart d'heure.

CYRANO, *les poussant tous vers la maison.*

Allez ! moi, je demeure !

ROXANE, *à Christian.*

Viens !...

Ils entrent.

SCÈNE 12 – CYRANO, *seul.*

CYRANO

Comment faire perdre à De Guiche un quart d'heure ?

Il se précipite sur le banc, grimpe au mur, vers le balcon.

Là !... Grimpons !... J'ai mon plan !...

Les théorbes se mettent à jouer une phrase lugubre.

Ho ! c'est un homme !

Le trémolo devient sinistre.

Ho ! ho !

Cette fois, c'en est un !...

Il est sur le balcon, il rabaisse son feutre sur ses yeux, ôte son épée, se drape dans sa cape, puis se penche et regarde au-dehors.

Non, ce n'est pas trop haut !...

Il enjambe les balustres et attirant à lui la longue branche d'un des arbres qui débordent le mur du jardin, il s'y accroche des deux mains, prêt à se laisser tomber.

Je vais légèrement troubler cette atmosphère !...

SCÈNE 13 – CYRANO, DE GUICHE

DE GUICHE, *qui entre, masqué, tâtonnant dans la nuit.*

Qu'est-ce que ce maudit capucin peut bien faire ?

CYRANO

Diable ! et ma voix ?... S'il la reconnaissait ?

Lâchant d'une main, il a l'air de tourner une invisible clef.

Cric ! crac !

Solennellement.

Cyrano, reprenez l'accent de Bergerac !...

DE GUICHE, *regardant la maison.*

Oui, c'est là. J'y vois mal. Ce masque m'importune !

Il va pour entrer. Cyrano saute du balcon en se tenant à la branche, qui plie et le dépose entre la porte et De Guiche ; il feint de tomber lourdement, comme si c'était de très haut, et s'aplatit par terre, où il reste immobile, comme étourdi. De Guiche fait un bond en arrière.

Hein ? Quoi ?

Quand il lève les yeux, la branche s'est redressée ; il ne voit que le ciel ; il ne comprend pas.

D'où tombe donc cet homme ?

CYRANO, *se mettant sur son séant, et avec l'accent de Gascogne.*

De la lune[1] !

DE GUICHE

De la ?...

CYRANO

Quelle heure est-il ?

DE GUICHE

N'a-t-il plus sa raison ?

CYRANO

Quelle heure ? Quel pays ? Quel jour ? Quelle saison ?

DE GUICHE

Mais...

CYRANO

Je suis étourdi !

DE GUICHE

Monsieur...

CYRANO

Comme une bombe

Je tombe de la lune !

1. **De la lune** : allusion au roman du véritable Cyrano de Bergerac, l'*Histoire comique des États et Empires de la Lune* (vers 1650), qui raconte un voyage imaginaire sur la Lune.

Cyrano de Bergerac s'élevant vers la Lune. *Gravure illustrant l'*Histoire comique des États et Empires de la Lune *(publ. 1834), d'après une gravure de 1709.*

▶ Quelle est la nature de ce document ? De quoi est-il l'illustration ?

▶ Décris le personnage : que fait-il ? où se trouve-t-il ? Observe le paysage autour de lui.

▶ Quels points de ressemblance peux-tu trouver avec le personnage d'Edmond Rostand ?

DE GUICHE, *impatienté.*

Ah çà ! Monsieur !

CYRANO, *se relevant, d'une voix terrible.*

J'en tombe !

DE GUICHE, *reculant.*

Soit ! soit ! vous en tombez !... c'est peut-être un dément[1] !

CYRANO, *marchant sur lui.*

Et je n'en tombe pas métaphoriquement[2] !...

DE GUICHE

Mais...

CYRANO

Il y a cent ans, ou bien une minute,
– J'ignore tout à fait ce que dura ma chute ! –
J'étais dans cette boule à couleur de safran[3] !

DE GUICHE, *haussant les épaules.*

Oui.– Laissez-moi passer !

CYRANO, *s'interposant.*

Où suis-je ? Soyez franc !
Ne me déguisez rien ! En quel lieu, dans quel site,
Viens-je de choir[4], Monsieur, comme un aérolithe[5] ?

---

1. **Démen**t : fou.
2. **Métaphoriquement** : de façon imagée ; Cyrano affirme qu'il tombe réellement de la lune, autre allusion à l'*Histoire comique des États et Empires de la Lune*.
3. **La poudre de safran est jaune.**
4. **Choir** : tomber.
5. **Aérolithe** : pierre tombée du ciel.

DE GUICHE

Morbleu !...

CYRANO

Tout en cheyant je n'ai pu faire choix
De mon point d'arrivée – et j'ignore où je chois[1] !
Est-ce dans une lune ou bien dans une terre,
Que vient de m'entraîner le poids de mon postère[2] ?

DE GUICHE

Mais je vous dis, Monsieur...

CYRANO, *avec un cri de terreur qui fait reculer de Guiche.*

Ha ! grand Dieu !... je crois voir
Qu'on a dans ce pays le visage tout noir !...

DE GUICHE, *portant la main à son visage.*

Comment ?

CYRANO, *avec une peur emphatique[3].*

Suis-je en Alger ? Êtes-vous indigène ?...

DE GUICHE, *qui a senti son masque.*

Ce masque !...

CYRANO, *feignant de se rassurer un peu.*

Je suis donc dans Venise, ou dans Gêne[4] ?

---

1. **Cheyant, chois** : gérondif et présent du vieux verbe *choire*, tomber.
2. **Postère** : postérieur.
3. **Emphatique** : exagérée.
4. **Venise, Gênes (ou Gêne)** : villes d'Italie célèbres pour leur carnaval.

De Guiche, *voulant passer.*

Une dame m'attend !...

Cyrano, *complètement rassuré.*

Je suis donc à Paris[1].

De Guiche, *souriant malgré lui.*

Le drôle est assez drôle !

Cyrano

Ah ! vous riez ?

De Guiche

Je ris,

Mais veux passer !

Cyrano, *rayonnant.*

C'est à Paris que je retombe !

Tout à fait à son aise, riant, s'époussetant, saluant.

J'arrive – excusez-moi – par la dernière trombe.
Je suis un peu couvert d'éther[2]. J'ai voyagé !
J'ai les yeux tout remplis de poudre d'astres. J'ai
Aux éperons, encor, quelques poils de planète !

Cueillant quelque chose sur sa manche.

Tenez, sur mon pourpoint, un cheveu de comète !...

Il souffle comme pour le faire envoler.

---

1. **Une dame m'attend / Je suis donc à Paris** : Paris est considéré comme la ville de la galanterie par excellence.
2. **Éther** : air des espaces célestes.

DE GUICHE, *hors de lui.*

Monsieur !...

CYRANO, *au moment où il va passer, tend sa jambe comme pour y trouver quelque chose et l'arrête.*

Dans mon mollet je rapporte une dent
De la Grande Ourse – et comme, en frôlant le Trident,
Je voulais éviter une de ses trois lances,
Je suis allé tomber assis dans les Balances, –
Dont l'aiguille, à présent, là-haut, marque mon poids !
Empêchant vivement de Guiche de passer et le prenant à un bouton du pourpoint.
Si vous serriez mon nez, Monsieur, entre vos doigts,
Il jaillirait du lait !

DE GUICHE

Hein ? du lait ?...

CYRANO

De la Voie
Lactée !...

DE GUICHE

Oh ! par l'enfer !

CYRANO

C'est le ciel qui m'envoie !

La Grande Ourse, le Trident, les Balances et, plus bas, la petite Ourse (« l'autre Ourse », v. 1631) et la Lyre sont des noms de constellations. Sirius est une étoile.

Se croisant les bras.

Non ! Croiriez-vous, je viens de le voir en tombant,
Que Sirius, la nuit, s'affuble d'un turban ?

Confidentiel.

L'autre Ourse est trop petite encor pour qu'elle morde !

Riant.

J'ai traversé la Lyre en cassant une corde !

Superbe.

Mais je compte en un livre écrire tout ceci,
Et les étoiles d'or qu'en mon manteau roussi[1]
Je viens de rapporter à mes périls et risques,
Quand on l'imprimera, serviront d'astérisques !

DE GUICHE

À la parfin[2]... je veux...

CYRANO

Vous, je vous vois venir !

DE GUICHE

Monsieur !

CYRANO

Vous voudriez de ma bouche tenir
Comment la lune est faite, et si quelqu'un habite
Dans la rotondité de cette cucurbite[3] ?

1. **Roussi** : brûlé.
2. **À la parfin** : à la fin.
3. **Cucurbite** : courge.

DE GUICHE, *criant.*

Mais non ! je veux...

CYRANO

Savoir comment j'y suis monté ?
Ce fut par un moyen que j'avais inventé.

DE GUICHE, *découragé.*

C'est un fou !

CYRANO, *dédaigneux.*

Je n'ai pas refait l'aigle stupide
De Regiomontanus, ni le pigeon timide
D'Archytas !...

DE GUICHE

C'est un fou – mais c'est un fou savant.

CYRANO

Non, je n'imitai rien de ce qu'on fit avant !
De Guiche a réussi à passer et il marche vers la porte de Roxane. Cyrano le suit, prêt à l'empoigner.
J'inventai six moyens de violer l'azur[1] vierge !

DE GUICHE, *se retournant.*

Six ?

1. **L'azur** : le ciel.

Regiomontanus et Archytas sont deux savants qui ont imaginé des machines pour monter sur la Lune. Le premier, au XVe siècle, aurait inventé un aigle en fer, le second, au IVe siècle av. J.-C., une colombe en bois.

CYRANO, *avec volubilité*[1].

Je pouvais, mettant mon corps nu comme un cierge,
Le caparaçonner[2] de fioles de cristal
Toutes pleines des pleurs d'un ciel matutinal,
Et ma personne, alors, au soleil exposée,
L'astre l'aurait humée en humant la rosée !

DE GUICHE, *surpris et faisant un pas vers Cyrano.*

Tiens ! Oui, cela fait un !

CYRANO, *reculant pour l'entraîner de l'autre côté.*

Et je pouvais encor
Faire engouffrer du vent, pour prendre mon essor,
En raréfiant l'air dans un coffre de cèdre
Par des miroirs ardents, mis en icosaèdre[3] !

DE GUICHE *fait encore un pas.*

Deux !

CYRANO, *reculant toujours.*

Ou bien, machiniste autant qu'artificier,
Sur une sauterelle aux détentes d'acier,
Me faire, par des feux successifs de salpêtre[4],
Lancer dans les prés bleus où les astres vont paître !

---

1. **Avec volubilité** : en parlant beaucoup et vite.
2. **Caparaçonner** : recouvrir d'un caparaçon, housse d'ornement pour les chevaux.
3. **Icosaèdre** : corps solide à vingt faces.
4. **Salpêtre** : poudre.

De Guiche, *le suivant, sans s'en douter, et comptant sur ses doigts.*
Trois !

Cyrano
Puisque la fumée a tendance à monter,
En souffler dans un globe assez pour m'emporter !

De Guiche, *même jeu, de plus en plus étonné.*
Quatre !

Cyrano
Puisque Phœbé[1], quand son arc est le moindre,
Aime sucer, ô bœufs, votre moelle... m'en oindre[2] !

De Guiche, *stupéfait.*
Cinq !

Cyrano, *qui en parlant l'a amené jusqu'à l'autre côté de la place, près d'un banc.*
Enfin, me plaçant sur un plateau de fer,
Prendre un morceau d'aimant et le lancer en l'air !
Ça, c'est un bon moyen : le fer se précipite,
Aussitôt que l'aimant s'envole, à sa poursuite ;
On relance l'aimant bien vite, et cadédis[3] !
On peut monter ainsi indéfiniment.

De Guiche
Six !

1. **Phœbé** : la Lune.
2. **M'en oindre** : m'en frotter.
3. **Cadédis** : juron gascon.

– Mais voilà six moyens excellents !... Quel système
Choisîtes-vous des six, Monsieur ?

CYRANO

Un septième !

DE GUICHE

Par exemple ! Et lequel ?

CYRANO

Je vous le donne en cent[1] !...

DE GUICHE

C'est que ce mâtin-là[2] devient intéressant !

CYRANO, *faisant le bruit des vagues avec de grands gestes mystérieux.*

Houüh ! houüh !

DE GUICHE

Eh bien !

CYRANO

Vous devinez ?

DE GUICHE

Non !

1. **Je vous le donne en cent** ! Vous ne devinerez jamais !
2. **Ce mâtin-là** : ce drôle.

CYRANO

La marée !...
À l'heure où l'onde[1] par la lune est attirée,
Je me mis sur le sable – après un bain de mer –
Et la tête partant la première, mon cher
– Car les cheveux, surtout, gardent l'eau dans leur frange ! –
Je m'enlevai dans l'air, droit, tout droit, comme un ange.
Je montais, je montais, doucement, sans efforts,
Quand je sentis un choc !... Alors...

DE GUICHE, *entraîné par la curiosité et s'asseyant sur le banc.*

Alors ?

CYRANO

Alors...

Reprenant sa voix naturelle.

Le quart d'heure est passé, Monsieur, je vous délivre :
Le mariage est fait.

DE GUICHE, *se relevant d'un bond.*

Çà, voyons, je suis ivre !...
Cette voix ?

La porte de la maison s'ouvre, des laquais paraissent portant des candélabres[2] allumés. Lumière. Cyrano ôte son chapeau au bord abaissé.

Et ce nez !... Cyrano ?

---

1. **L'onde** : la mer.
2. **Candélabres** : grands chandeliers.

CYRANO, *saluant.*

Cyrano.
– Ils viennent à l'instant d'échanger leur anneau.

DE GUICHE

Qui cela ?
Il se retourne. – Tableau. Derrière les laquais, Roxane et Christian se tiennent par la main. Le capucin les suit en souriant. Ragueneau élève aussi un flambeau. La duègne ferme la marche, ahurie, en petit saut-de-lit[1].
Ciel !

SCÈNE 14 – LES MÊMES, ROXANE, CHRISTIAN, LE CAPUCIN, RAGUENEAU, LAQUAIS, LA DUÈGNE

DE GUICHE, *à Roxane.*

Vous !
Reconnaissant Christian avec stupeur.
Lui ?
Saluant Roxane avec admiration.
Vous êtes des plus fines !
À Cyrano.
Mes compliments, Monsieur l'inventeur des machines :
Votre récit eût fait s'arrêter au portail
Du paradis un saint ! Notez-en le détail,
Car vraiment cela peut resservir dans un livre !

1. **Saut-de-lit** : peignoir.

CYRANO, *s'inclinant.*

Monsieur, c'est un conseil que je m'engage à suivre[1].

LE CAPUCIN, *montrant les amants à de Guiche,*
et hochant avec satisfaction sa grande barbe blanche.

Un beau couple, mon fils, réuni là par vous !

DE GUICHE, *le regardant d'un œil glacé.*

Oui.

À Roxane.

Veuillez dire adieu, Madame, à votre époux.

ROXANE

Comment ?

DE GUICHE, *à Christian.*

Le régiment déjà se met en route.

Joignez-le !

ROXANE

Pour aller à la guerre ?

DE GUICHE

Sans doute[2] !

ROXANE

Mais, Monsieur, les cadets n'y vont pas !

DE GUICHE

Ils iront.

---

1. Encore une allusion à l'*Histoire comique des États et Empires de la Lune*, de l'écrivain Cyrano de Bergerac.
2. **Sans doute** : sans aucun doute.

Tirant le papier qu'il avait mis dans sa poche.
Voici l'ordre.

À Christian.
Courez le porter, vous, baron.

ROXANE, *se jetant dans les bras de Christian.*
Christian !

DE GUICHE, *ricanant, à Cyrano.*
La nuit de noce est encore lointaine !

CYRANO, *à part.*
Dire qu'il croit me faire énormément de peine !

CHRISTIAN, *à Roxane.*
Oh ! tes lèvres encor !

CYRANO
Allons, voyons, assez !

CHRISTIAN, *continuant à embrasser Roxane.*
C'est dur de la quitter... Tu ne sais pas...

CYRANO, *cherchant à l'entraîner.*
Je sais.

On entend au loin des tambours qui battent une marche.

DE GUICHE, *qui est remonté au fond.*
Le régiment qui part !

ROXANE, *à Cyrano, en retenant Christian qu'il essaie toujours d'entraîner.*
Oh !... je vous le confie !

Promettez-moi que rien ne va mettre sa vie
En danger !

CYRANO

J'essaierai... mais ne peux cependant
Promettre...

ROXANE, *même jeu.*

Promettez qu'il sera très prudent !

CYRANO

Oui, je tâcherai, mais...

ROXANE, *même jeu.*

Qu'à ce siège terrible
Il n'aura jamais froid !

CYRANO

Je ferai mon possible.
Mais...

ROXANE, *même jeu.*

Qu'il sera fidèle !

CYRANO

Eh oui ! sans doute, mais...

ROXANE, *même jeu.*

Qu'il m'écrira souvent !

CYRANO, *s'arrêtant.*

Ça – je vous le promets !

RIDEAU

Résumé de l'acte IV

L'acte IV met en scène le siège d'Arras. Cyrano, fidèle à sa promesse, écrit tous les jours de longues lettres d'amour à Roxane au nom de Christian. Celui-ci voudrait avouer la vérité à la jeune femme mais Cyrano l'en dissuade. C'est alors que le jeune homme est blessé au combat, le jour même où Roxane parvient à le rejoindre. Il meurt dans ses bras en pensant qu'elle l'aime pour sa beauté. Roxane ignore toujours que Cyrano est l'auteur des lettres.

Le siège d'Arras (Pas-de-Calais) par les troupes françaises en août 1640. Gravure de Soligny d'après Philippoteaux, XIXe siècle.

Acte V

La gazette de Cyrano

Quinze ans après, en 1655. Le parc du couvent que les Dames de la Croix[1] *occupaient à Paris.*

Superbes ombrages. À gauche, la maison ; vaste perron[2] *sur lequel ouvrent plusieurs portes. Un arbre énorme au milieu de la scène, isolé au milieu d'une petite place ovale. À droite, premier plan, parmi de grands buis*[3]*, un banc de pierre demi-circulaire.*

Tout le fond du théâtre est traversé par une allée de marronniers qui aboutit à droite, quatrième plan, à la porte d'une chapelle entrevue parmi les branches. À travers le double rideau d'arbres de cette allée, on aperçoit des fuites de pelouses, d'autres allées, des bosquets, les profondeurs du parc, le ciel.

La chapelle ouvre une porte latérale sur une colonnade enguirlandée de vigne rougie, qui vient se perdre à droite, au premier plan, derrière les buis.

C'est l'automne. Toute la frondaison[4] *est rousse au-dessus des pelouses fraîches. Taches sombres des buis et des ifs*[5] *restés verts. Une plaque de feuilles jaunes sous chaque arbre. Les feuilles jonchent toute la scène, craquent sous les pas dans les allées, couvrent à demi le perron et les bancs.*

1. **Dames de la Croix** : religieuses.
2. **Perron** : escalier à l'entrée d'un bâtiment.
3. **Buis** : arbuste ornemental à feuilles persistantes.
4. **Frondaison** : feuillage.
5. **If** : arbre décoratif à fruits rouges.

Entre le banc de droite et l'arbre, un grand métier à broder[1] devant lequel une petite chaise a été apportée. Paniers pleins d'écheveaux et de pelotons[2]. Tapisserie commencée.

Au lever du rideau, des sœurs vont et viennent dans le parc ; quelques-unes sont assises sur le banc autour d'une religieuse plus âgée. Des feuilles tombent.

SCÈNE 1 – MÈRE MARGUERITE, SŒUR MARTHE, SŒUR CLAIRE, LES SŒURS

SŒUR MARTHE, *à Mère Marguerite.*

Sœur Claire a regardé deux fois comment allait
Sa cornette[3], devant la glace.

MÈRE MARGUERITE, *à sœur Claire.*

C'est très laid.

SŒUR CLAIRE

Mais sœur Marthe a repris un pruneau de la tarte,
Ce matin : je l'ai vu.

MÈRE MARGUERITE, *à sœur Marthe.*

C'est très vilain, sœur Marthe.

SŒUR CLAIRE

Un tout petit regard !

---

1. **Métier à broder** : machine servant à broder.
2. **Écheveaux et pelotons** : pelotes de fil et de laine.
3. **Cornette** : coiffe des religieuses.

SŒUR MARTHE

Un tout petit pruneau !

MÈRE MARGUERITE, *sévèrement.*

Je le dirai, ce soir, à Monsieur Cyrano.

SŒUR CLAIRE, *épouvantée.*

Non ! il va se moquer !

SŒUR MARTHE

Il dira que les nonnes
Sont très coquettes !

SŒUR CLAIRE

Très gourmandes !

MÈRE MARGUERITE, *souriant.*

Et très bonnes.

SŒUR CLAIRE

N'est-ce pas, Mère Marguerite de Jésus,
Qu'il vient, le samedi, depuis dix ans !

MÈRE MARGUERITE

Et plus !
Depuis que sa cousine à nos béguins[1] de toile
Mêla le deuil mondain de sa coiffe de voile,

1. **Béguins de toile** : coiffes de toile.

Qui chez nous vint s'abattre, il y a quatorze ans,
Comme un grand oiseau noir parmi les oiseaux blancs ➲ !

SŒUR MARTHE

Lui seul, depuis qu'elle a pris chambre dans ce cloître,
Sait distraire un chagrin qui ne veut pas décroître.

TOUTES LES SŒURS

Il est si drôle ! – C'est amusant quand il vient !
– Il nous taquine ! – Il est gentil ! – Nous l'aimons bien !
– Nous fabriquons pour lui des pâtes d'angélique[1] !

SŒUR MARTHE

Mais enfin, ce n'est pas un très bon catholique !

SŒUR CLAIRE

Nous le convertirons.

LES SŒURS

Oui ! Oui !

MÈRE MARGUERITE

Je vous défends
De l'entreprendre encor sur ce point, mes enfants.
Ne le tourmentez pas : il viendrait moins peut-être !

SŒUR MARTHE

1. **Angélique** : plante dont la tige est utilisée en confiserie.

➲ **Après la mort de Christian, Roxane a rejoint le couvent des Dames de la Croix. Elle y vit désormais depuis quatorze ans.**

Mais... Dieu !...

MÈRE MARGUERITE

Rassurez-vous : Dieu doit bien le connaître.

SŒUR MARTHE

Mais chaque samedi, quand il vient d'un air fier,
Il me dit en entrant : « Ma sœur, j'ai fait gras[1], hier ! »

MÈRE MARGUERITE

Ah ! il vous dit cela ?... Eh bien ! la fois dernière
Il n'avait pas mangé depuis deux jours.

SŒUR MARTHE

Ma Mère !

MÈRE MARGUERITE

Il est pauvre.

SŒUR MARTHE

Qui vous l'a dit ?

MÈRE MARGUERITE

Monsieur Le Bret.

SŒUR MARTHE

On ne le secourt pas ?

1. **J'ai fait gras** : j'ai mangé de la viande, alors que les chrétiens doivent jeûner le vendredi.

MÈRE MARGUERITE

Non, il se fâcherait.

Dans une allée du fond, on voit apparaître Roxane, vêtue de noir, avec la coiffe des veuves et de longs voiles ; De Guiche, magnifique et vieillissant, marche auprès d'elle. Ils vont à pas lents. Mère Marguerite se lève.

Allons, il faut rentrer… Madame Madeleine,
Avec un visiteur, dans le parc se promène.

SŒUR MARTHE, *bas à sœur Claire.*

C'est le duc-maréchal de Gramont ?

SŒUR CLAIRE, *regardant.*

Oui, je crois.

SŒUR MARTHE

Il n'était plus venu la voir depuis des mois !

LES SŒURS

Il est très pris ! – La cour ! – Les camps !

SŒUR CLAIRE

Les soins du monde[1] !

Elles sortent. De Guiche et Roxane descendent en silence et s'arrêtent près du métier. Un temps.

1. **Les soins du monde** : les occupations de ceux qui vivent dans le « monde », c'est-à-dire en dehors du couvent.

Le véritable comte de Guiche fut en effet promu duc-maréchal de Gramont.

SCÈNE 2 – ROXANE, LE DUC DE GRAMONT, ANCIEN COMTE DE GUICHE, *puis* LE BRET *et* RAGUENEAU

LE DUC

Et vous demeurez ici, vainement blonde,
Toujours en deuil ?

ROXANE

Toujours.

LE DUC

Aussi fidèle ?

ROXANE

Aussi.

LE DUC, *après un temps.*

Vous m'avez pardonné ?

ROXANE, *simplement, regardant la croix du couvent.*

Puisque je suis ici.

Nouveau silence.

LE DUC

Vraiment c'était un être ?...

ROXANE

Il fallait le connaître !

LE DUC

Ah ! Il fallait ?... je l'ai trop peu connu, peut-être !
... Et son dernier billet, sur votre cœur, toujours ?

ROXANE

Comme un doux scapulaire[1], il pend à ce velours.

LE DUC

Même mort, vous l'aimez ?

ROXANE

Quelquefois il me semble
Qu'il n'est mort qu'à demi, que nos cœurs sont ensemble,
Et que son amour flotte, autour de moi, vivant !

LE DUC, *après un silence encore.*

Est-ce que Cyrano vient vous voir ?

ROXANE

Oui, souvent.
– Ce vieil ami, pour moi, remplace les gazettes[2].
Il vient ; c'est régulier ; sous cet arbre où vous êtes
On place son fauteuil, s'il fait beau ; je l'attends
En brodant ; l'heure sonne ; au dernier coup, j'entends
– Car je ne tourne plus même le front ! – sa canne
Descendre le perron ; il s'assied ; il ricane

1. **Scapulaire** : petit morceau d'étoffe que les religieux portent à leur cou.
2. **Gazettes** : journaux.

De ma tapisserie éternelle ; il me fait
La chronique de la semaine, et...

Le Bret paraît sur le perron.

Tiens, Le Bret !

Le Bret descend.

Comment va notre ami ?

LE BRET

Mal.

LE DUC

Oh !

ROXANE, *au duc.*

Il exagère.

LE BRET

Tout ce que j'ai prédit : l'abandon, la misère !...
Ses épîtres[1] lui font des ennemis nouveaux !
Il attaque les faux nobles, les faux dévots[2],
Les faux braves, les plagiaires[3], – tout le monde !

ROXANE

Mais son épée inspire une terreur profonde.
On ne viendra jamais à bout de lui.

1. **Épîtres** : lettres.
2. **Faux dévots** : personnes faussement pieuses.
3. **Plagiaires** : auteurs qui copient les écrits des autres.

LE DUC, *hochant la tête.*

Qui sait ?

LE BRET

Ce que je crains, ce n'est pas les attaques, c'est
La solitude, la famine, c'est Décembre
Entrant à pas de loup dans son obscure chambre :
Voilà les spadassins[1] qui plutôt le tueront !
– Il serre chaque jour, d'un cran, son ceinturon.
Son pauvre nez a pris des tons de vieil ivoire.
Il n'a plus qu'un petit habit de serge[2] noire.

LE DUC

Ah ! celui-là n'est pas parvenu[3] ! – C'est égal,
Ne le plaignez pas trop.

LE BRET, *avec un sourire amer.*

Monsieur le maréchal !...

LE DUC

Ne le plaignez pas trop : il a vécu sans pactes[4],
Libre dans sa pensée autant que dans ses actes.

LE BRET, *de même.*

Monsieur le duc !...

1. **Spadassins** : tueurs à gages.
2. **Serge** : tissu léger.
3. **N'est pas parvenu** : n'a pas fait fortune.
4. **Sans pactes** : sans compromis.

LE DUC, *hautainement.*

Je sais, oui : j'ai tout ; il n'a rien...
Mais je lui serrerais volontiers la main.

Saluant Roxane.

Adieu.

ROXANE

Je vous conduis.

Le duc salue Le Bret et se dirige avec Roxane vers le perron.

LE DUC, *s'arrêtant, tandis qu'elle monte.*

Oui, parfois, je l'envie.
– Voyez-vous, lorsqu'on a trop réussi sa vie,
On sent, – n'ayant rien fait, mon Dieu, de vraiment mal ! –
Mille petits dégoûts de soi, dont le total
Ne fait pas un remords, mais une gêne obscure ;
Et les manteaux de duc traînent, dans leur fourrure,
Pendant que des grandeurs[1] on monte les degrés,
Un bruit d'illusions sèches et de regrets,
Comme, quand vous montez lentement vers ces portes,
Votre robe de deuil traîne des feuilles mortes.

ROXANE, *ironique.*

Vous voilà bien rêveur ?...

LE DUC

Eh ! oui !

---

1. **Grandeurs** : titres de noblesse.

Au moment de sortir, brusquement.

Monsieur Le Bret !

À Roxane.

Vous permettez ? Un mot.

Il va à Le Bret, et à mi-voix.

C'est vrai : nul n'oserait
Attaquer votre ami ; mais beaucoup l'ont en haine ;
Et quelqu'un me disait, hier, au jeu, chez la Reine :
« Ce Cyrano pourrait mourir d'un accident. »

LE BRET

Ah ?

LE DUC

Oui. Qu'il sorte peu. Qu'il soit prudent.

LE BRET, *levant les bras au ciel.*

Prudent !
Il va venir. Je vais l'avertir. Oui, mais !...

ROXANE, *qui est restée sur le perron, à une sœur qui s'avance vers elle.*

Qu'est-ce ?

LA SŒUR

Ragueneau veut vous voir, Madame.

ROXANE

Qu'on le laisse
Entrer.

Au duc et à Le Bret.

Il vient crier misère. Étant un jour
Parti pour être auteur, il devint tour à tour
Chantre[1]...

LE BRET

Étuviste[2]...

ROXANE

Acteur...

LE BRET

Bedeau[3]...

ROXANE

Perruquier...

LE BRET

Maître
Du théorbe[4]...

ROXANE

Aujourd'hui, que pourrait-il bien être ?

---

1. **Chantre** : chanteur.
2. **Étuviste** : qui tient un établissement de bains.
3. **Bedeau** : employé laïque d'une église, chargé du service matériel.
4. **Maître du théorbe** : professeur de musique.

RAGUENEAU, *entrant précipitamment.*

Ah ! Madame !

Il aperçoit Le Bret.

Monsieur !

ROXANE, *souriant.*

Racontez vos malheurs
À Le Bret. Je reviens.

RAGUENEAU

Mais, Madame…

Roxane sort sans l'écouter, avec le duc. Il redescend vers Le Bret.

SCÈNE 3 – LE BRET, RAGUENEAU

RAGUENEAU

D'ailleurs,
Puisque vous êtes là, j'aime mieux qu'elle ignore !
– J'allais voir votre ami tantôt[1]. J'étais encore
À vingt pas de chez lui… quand je le vois de loin,
Qui sort. Je veux le joindre. Il va tourner le coin
De la rue… et je cours… lorsque d'une fenêtre
Sous laquelle il passait – est-ce un hasard ?… peut-être ! –
Un laquais laisse choir[2] une pièce de bois.

1. **Tantôt** : ce matin.
2. **Choir** : tomber.

LE BRET

Les lâches !... Cyrano !

RAGUENEAU

J'arrive et je le vois...

LE BRET

C'est affreux !

RAGUENEAU

Notre ami, Monsieur, notre poète,
Je le vois, là, par terre, un grand trou dans la tête !

LE BRET

Il est mort ?

RAGUENEAU

Non ! mais... Dieu ! je l'ai porté chez lui.
Dans sa chambre... Ah ! sa chambre ! il faut voir ce réduit !

LE BRET

Il souffre ?

RAGUENEAU

Non, Monsieur, il est sans connaissance.

LE BRET

Un médecin ?

RAGUENEAU

Il en vint un par complaisance.

LE BRET

Mon pauvre Cyrano ! – Ne disons pas cela
Tout d'un coup à Roxane ! – Et ce docteur ?

RAGUENEAU

Il a
Parlé, – je ne sais plus, – de fièvre, de méninges[1] !...
Ah ! si vous le voyiez – la tête dans des linges !...
Courons vite ! – Il n'y a personne à son chevet ! –
C'est qu'il pourrait mourir, Monsieur, s'il se levait !

LE BRET, *l'entraînant vers la droite.*

Passons par là ! Viens, c'est plus court ! Par la chapelle !

ROXANE, *paraissant sur le perron et voyant Le Bret s'éloigner par la colonnade qui mène à la petite porte de la chapelle.*

Monsieur Le Bret !

Le Bret et Ragueneau se sauvent sans répondre.

Le Bret s'en va quand on l'appelle ?
C'est quelque histoire encor de ce bon Ragueneau !

Elle descend le perron.

1. **Méninges** : cerveau.

SCÈNE 4 – Roxane *seule, puis* deux sœurs, *un instant.*

Roxane

Ah ! que ce dernier jour de septembre est donc beau !
Ma tristesse sourit. Elle qu'Avril offusque,
Se laisse décider par l'automne, moins brusque.
Elle s'assied à son métier. Deux sœurs sortent de la maison et apportent un grand fauteuil sous l'arbre.
Ah ! voici le fauteuil classique où vient s'asseoir
Mon vieil ami !

Sœur Marthe

Mais c'est le meilleur du parloir[1] !

Roxane

Merci, ma sœur.

Les sœurs s'éloignent.

Il va venir.

Elle s'installe. On entend sonner l'heure.

Là… l'heure sonne.
– Mes écheveaux ! – L'heure a sonné ? Ceci m'étonne !
Serait-il en retard pour la première fois ?
La sœur tourière[2] doit – mon dé ?… là, je le vois ! –
L'exhorter à la pénitence[3].

Un temps.

1. **Parloir** : dans un couvent, salle où sont reçus les visiteurs.
2. **Sœur tourière** : religieuse s'occupant des relations avec l'extérieur.
3. **L'exhorter à la pénitence** : le convaincre de se confesser.

Elle l'exhorte !
– Il ne peut plus tarder. – Tiens ! une feuille morte ! –
Elle repousse du doigt la feuille tombée sur son métier.
D'ailleurs, rien ne pourrait. – Mes ciseaux ?... dans mon sac ! –
L'empêcher de venir !

UNE SŒUR, *paraissant sur le perron.*
Monsieur de Bergerac.

SCÈNE 5 – ROXANE, CYRANO, *et, un moment,* SŒUR MARTHE

ROXANE, *sans se retourner.*
Qu'est-ce que je disais ?...
Et elle brode. Cyrano, très pâle, le feutre enfoncé sur les yeux, paraît. La sœur qui l'a introduit rentre. Il se met à descendre le perron lentement, avec un effort visible pour se tenir debout, et en s'appuyant sur sa canne. Roxane travaille à sa tapisserie.
Ah ! ces teintes fanées...
Comment les rassortir ?
À Cyrano, sur un ton d'amicale gronderie.
Depuis quatorze années,
Pour la première fois, en retard !

CYRANO, *qui est parvenu au fauteuil et s'est assis d'une voix gaie contrastant avec son visage.*
Oui, c'est fou !
J'enrage. Je fus mis en retard, vertuchou[1] !...

1. **Vertuchou** : exclamation.

ROXANE

Par ?

CYRANO

Par une visite assez inopportune.

ROXANE, *distraite, travaillant.*

Ah ! oui ! quelque fâcheux ?

CYRANO

Cousine, c'était une
Fâcheuse.

ROXANE

Vous l'avez renvoyée ?

CYRANO

Oui, j'ai dit :
Excusez-moi, mais c'est aujourd'hui samedi,
Jour où je dois me rendre en certaine demeure ;
Rien ne m'y fait manquer : repassez dans une heure !

ROXANE, *légèrement.*

Eh bien ! cette personne attendra pour vous voir :
Je ne vous laisse pas partir avant ce soir.

« Cousine, c'était une fâcheuse » : Cyrano fait allusion à la mort, en faisant un jeu de mot entre « fâcheuse » et « faucheuse », surnom de la Mort en littérature.

CYRANO, *avec douceur.*

Peut-être un peu plus tôt faudra-t-il que je parte.

Il ferme les yeux et se tait un instant. Sœur Marthe traverse le parc de la chapelle au perron. Roxane l'aperçoit, lui fait un petit signe de tête.

ROXANE, *à Cyrano.*

Vous ne taquinez pas sœur Marthe ?

CYRANO, *vivement, ouvrant les yeux.*

Si !

Avec une grosse voix comique.

Sœur Marthe !

Approchez !

La sœur glisse vers lui.

Ha ! ha ! ha ! Beaux yeux toujours baissés !

SŒUR MARTHE, *levant les yeux en souriant.*

Mais...

Elle voit sa figure et fait un geste d'étonnement.

Oh !

CYRANO, *bas, lui montrant Roxane.*

Chut ! Ce n'est rien ! –

D'une voix fanfaronne[1]*. Haut.*

Hier, j'ai fait gras.

SŒUR MARTHE

Je sais.

À part.

1. **Fanfaronne** : qui se vante.

C'est pour cela qu'il est si pâle !

Vite et bas.

Au réfectoire
Vous viendrez tout à l'heure, et je vous ferai boire
Un grand bol de bouillon... Vous viendrez ?

CYRANO

Oui, oui, oui.

SŒUR MARTHE

Ah ! vous êtes un peu raisonnable, aujourd'hui !

ROXANE, *qui les entend chuchoter.*

Elle essaie de vous convertir ?

SŒUR MARTHE

Je m'en garde !

CYRANO

Tiens, c'est vrai ! Vous toujours si saintement bavarde,
Vous ne me prêchez pas ? C'est étonnant, ceci !...

Avec une fureur bouffonne.

Sabre de bois ! Je veux vous étonner aussi !
Tenez, je vous permets...

Il a l'air de chercher une bonne taquinerie, et de la trouver.

Ah ! la chose est nouvelle ?...
De... de prier pour moi, ce soir, à la chapelle.

ROXANE

Oh ! oh !

CYRANO, *riant.*

Sœur Marthe est dans la stupéfaction !

SŒUR MARTHE, *doucement.*

Je n'ai pas attendu votre permission.

Elle rentre.

CYRANO, *revenant à Roxane, penchée sur son métier.*

Du diable si je peux jamais, tapisserie,
Voir ta fin !

ROXANE

J'attendais cette plaisanterie.

À ce moment, un peu de brise fait tomber les feuilles.

CYRANO

Les feuilles !

ROXANE, *levant la tête, et regardant au loin, dans les allées.*

Elles sont d'un blond vénitien[1].
Regardez-les tomber.

CYRANO

Comme elles tombent bien !
Dans ce trajet si court de la branche à la terre,

1. **Blond vénitien** : blond tirant sur le roux.

Comme elles savent mettre une beauté dernière,
Et, malgré leur terreur de pourrir sur le sol,
Veulent que cette chute ait la grâce d'un vol !

ROXANE

Mélancolique[1], vous !

CYRANO, *se reprenant.*

Mais pas du tout, Roxane !

ROXANE

Allons, laissez tomber les feuilles de platane...
Et racontez un peu ce qu'il y a de neuf.
Ma gazette ?

CYRANO

Voici !

ROXANE

Ah !

CYRANO, *de plus en plus pâle, et luttant contre la douleur.*

Samedi, dix-neuf :
Ayant mangé huit fois du raisiné de Cette[2],
Le Roi fut pris de fièvre ; à deux coups de lancette[3]
Son mal fut condamné pour lèse-majesté[4],

1. **Mélancolique** : triste.
2. **Raisiné de Cette** : confiture de raisin.
3. **Lancette** : instrument de chirurgie, bistouri.
4. **Lèse-majesté** : crime commis contre le roi.

Et cet auguste pouls n'a plus fébricité[1] !
Au grand bal, chez la Reine, on a brûlé, dimanche,
Sept cent soixante-trois flambeaux de cire blanche ;
Nos troupes ont battu, dit-on, Jean l'Autrichien ;
On a pendu quatre sorciers ; le petit chien
De madame d'Athis a dû prendre un clystère[2]...

ROXANE

Monsieur de Bergerac, voulez-vous bien vous taire !

CYRANO

Lundi... rien. Lygdamire[3] a changé d'amant.

ROXANE

Oh !

CYRANO, *dont le visage s'altère[4] de plus en plus.*

Mardi, toute la cour est à Fontainebleau.
Mercredi, la Montglat dit au comte de Fiesque :
Non ! Jeudi : Mancini, reine de France, – ou presque !
Le vingt-cinq, la Montglat à de Fiesque dit : Oui ;
Et samedi, vingt-six...

Il ferme les yeux. Sa tête tombe. Silence.

1. **N'a plus fébricité** : n'a plus de fièvre.
2. **Clystère** : lavement effectué à l'aide d'une seringue.
3. **Lygdamire** : surnom précieuse de la duchesse de Longueville, sœur du Grand Condé, commandant des armées du Nord contre les Espagnols.
4. **S'altère** : se dégrade.

Il s'agit de don Juan d'Autriche, vice-roi des Pays-Bas, vaincu par Turenne en 1658 à la bataille des Dunes.

Marie Mancini fut la maîtresse de Louis XIV, lequel songea à l'épouser. Mais Mazarin, dont elle était l'une des nièces, s'y opposa.

ROXANE, *surprise de ne plus rien entendre se retourne, le regarde, et se levant effrayée.*

Il est évanoui ?

Elle court vers lui en criant.

Cyrano !

CYRANO, *rouvrant les yeux, d'une voix vague.*

Qu'est-ce ?... Quoi ?...

Il voit Roxane penchée sur lui et, vivement, assurant son chapeau sur sa tête et reculant avec effroi dans son fauteuil.

Non ! non ! je vous assure.
Ce n'est rien. Laissez-moi !

ROXANE

Pourtant...

CYRANO

C'est ma blessure
D'Arras... qui... quelquefois... vous savez...

ROXANE

Pauvre ami !

CYRANO

Mais ce n'est rien. Cela va finir.

Il sourit avec effort.

C'est fini.

ROXANE, *debout près de lui.*

Chacun de nous a sa blessure : j'ai la mienne.
Toujours vive, elle est là, cette blessure ancienne,

Elle met la main sur sa poitrine.

Elle est là, sous la lettre au papier jaunissant
Où l'on peut voir encor des larmes et du sang !

Le crépuscule commence à venir.

CYRANO

Sa lettre !... N'aviez-vous pas dit qu'un jour, peut-être,
Vous me la feriez lire ?

ROXANE

Ah ! vous voulez ?... Sa lettre ?

CYRANO

Oui... Je veux... Aujourd'hui...

ROXANE, *lui donnant le sachet pendu à son cou.*

Tenez !

CYRANO, *le prenant.*

Je peux ouvrir ?

ROXANE

Ouvrez... lisez !...

Elle revient à son métier, le replie, range ses laines.

CYRANO, *lisant.*

« Roxane, adieu, je vais mourir ! »

ROXANE, *s'arrêtant, étonnée.*

Tout haut ?

CYRANO, *lisant.*

« C'est pour ce soir, je crois, ma bien-aimée !
J'ai l'âme lourde encor d'amour inexprimée,
Et je meurs ! Jamais plus, jamais mes yeux grisés,
Mes regards dont c'était... »

ROXANE

Comme vous la lisez,
Sa lettre !

CYRANO, *continuant.*

« ... dont c'était les frémissantes fêtes,
Ne baiseront au vol les gestes que vous faites ;
J'en revois un petit qui vous est familier
Pour toucher votre front, et je voudrais crier... »

ROXANE, *troublée.*

Comme vous la lisez, – cette lettre !

La nuit vient insensiblement.

CYRANO

« Et je crie :
Adieu !... »

ROXANE

Vous la lisez...

CYRANO

« Ma chère, ma chérie,

Mon trésor... »

ROXANE, *rêveuse.*

D'une voix...

CYRANO

« Mon amour !... »

ROXANE

D'une voix...

Elle tressaille.

Mais... que je n'entends pas pour la première fois !

Elle s'approche tout doucement, sans qu'il s'en aperçoive, passe derrière le fauteuil, se penche sans bruit, regarde la lettre. – L'ombre augmente.

CYRANO

« Mon cœur ne vous quitta jamais une seconde
Et je suis et serai jusque dans l'autre monde
Celui qui vous aima sans mesure, celui... »

ROXANE, *lui posant la main sur l'épaule.*

Comment pouvez-vous lire à présent ? Il fait nuit.

Il tressaille, se retourne, la voit là tout près, fait un geste d'effroi, baisse la tête. Un long silence. Puis, dans l'ombre complètement venue, elle dit avec lenteur, joignant les mains :

Et pendant quatorze ans, il a joué ce rôle
D'être le vieil ami qui vient pour être drôle !

CYRANO

Roxane !

ROXANE

C'était vous.

CYRANO

Non, non, Roxane, non !

ROXANE

J'aurais dû deviner quand il disait mon nom !

CYRANO

Non ! ce n'était pas moi !

ROXANE

C'était vous !

CYRANO

Je vous jure...

ROXANE

J'aperçois toute la généreuse imposture[1] :
Les lettres, c'était vous...

CYRANO

Non !

ROXANE

Les mots chers et fous,
C'était vous...

CYRANO

Non !

ROXANE

La voix dans la nuit, c'était vous.

CYRANO

Je vous jure que non !

ROXANE

L'âme, c'était la vôtre !

CYRANO

Je ne vous aimais pas.

1. **Imposture** : tromperie.

ROXANE
Vous m'aimiez !

CYRANO, *se débattant.*
C'était l'autre !

ROXANE
Vous m'aimiez !

CYRANO, *d'une voix qui faiblit.*
Non !

ROXANE
Déjà vous le dites plus bas !

CYRANO
Non, non, mon cher amour, je ne vous aimais pas !

ROXANE
Ah ! que de choses qui sont mortes... qui sont nées !
– Pourquoi vous être tu pendant quatorze années,
Puisque sur cette lettre où lui n'était pour rien
Ces pleurs étaient de vous ?

CYRANO, *lui tendant la lettre.*
Ce sang était le sien.

ROXANE

Alors, pourquoi laisser ce sublime silence
Se briser aujourd'hui ?

CYRANO

Pourquoi ?

Le Bret et Ragueneau entrent en courant.

SCÈNE 6 – LES MÊMES, LE BRET *et* RAGUENEAU

LE BRET

Quelle imprudence !
Ah ! j'en étais bien sûr ! il est là !

CYRANO, *souriant et se redressant.*

Tiens, parbleu !

LE BRET

Il s'est tué, Madame, en se levant !

ROXANE

Grand Dieu !
Mais tout à l'heure alors... cette faiblesse ?... cette ?...

CYRANO

C'est vrai ! je n'avais pas terminé ma gazette :
... Et samedi, vingt-six, une heure avant dîné,

Avant-dernière scène de Cyrano de Bergerac *au théâtre de la Porte-Saint-Martin, à Paris, en décembre 1897, vue par* L'Illustration *du 8 janvier 1898.*

▶ Qui sont les personnages représentés sur cette illustration ?

▶ Décris leur attitude : quelles émotions expriment-ils ?

Monsieur de Bergerac est mort assassiné.

Il se découvre ; on voit sa tête entourée de linges.

ROXANE

Que dit-il ? – Cyrano – Sa tête enveloppée !...
Ah ! que vous a-t- on fait ? Pourquoi ?

CYRANO

« D'un coup d'épée,
Frappé par un héros, tomber la pointe au cœur ! »...
– Oui, je disais cela !... Le destin est railleur[1] !...
Et voilà que je suis tué dans une embûche[2],
Par-derrière, par un laquais, d'un coup de bûche !
C'est très bien. J'aurai tout manqué, même ma mort.

RAGUENEAU

Ah ! Monsieur !...

CYRANO

Ragueneau, ne pleure pas si fort !...

Il lui tend la main.

Qu'est-ce que tu deviens, maintenant, mon confrère ?

RAGUENEAU, *à travers ses larmes.*

Je suis moucheur de... de... chandelles[3], chez Molière.

---

1. **Railleur** : moqueur, ironique.
2. **Embûche** : piège.
3. **Moucheur de chandelles** : au théâtre, employé chargé d'allumer et d'éteindre les bougies.

CYRANO

Molière !

RAGUENEAU

Mais je veux le quitter, dès demain ;
Oui, je suis indigné !... Hier, on jouait *Scapin*,
Et j'ai vu qu'il vous a pris une scène !

LE BRET

Entière !

RAGUENEAU

Oui, Monsieur, le fameux : « Que diable allait-il faire ?... »

LE BRET, *furieux.*

Molière te l'a pris !

CYRANO

Chut ! chut ! il a bien fait !...
À Ragueneau.
La scène, n'est-ce pas, produit beaucoup d'effet ?

Une scène des *Fourberies de Scapin*, la comédie de Molière, s'inspire d'une scène écrite par le vrai Cyrano dans sa comédie *Le Pédant joué*. Le valet Scapin, qui veut obliger son maître à lui verser une forte somme d'argent, lui fait croire que son fils a été enlevé par les Turcs et qu'il est prisonnier sur une galère. Toute la scène est ponctuée par la célèbre exclamation du père qui cherche à gagner du temps : « Que diable allait-il faire dans cette galère ? »

RAGUENEAU, *sanglotant.*

Ah ! Monsieur, on riait ! on riait !

CYRANO

Oui, ma vie
Ce fut d'être celui qui souffle – et qu'on oublie !

À Roxane.

Vous souvient-il du soir où Christian vous parla
Sous le balcon ? Eh bien ! toute ma vie est là :
Pendant que je restais en bas, dans l'ombre noire,
D'autres montaient cueillir le baiser de la gloire !
C'est justice, et j'approuve au seuil de mon tombeau[1] :
Molière a du génie et Christian était beau !

À ce moment, la cloche de la chapelle, ayant tinté, on voit tout au fond, dans l'allée, les religieuses se rendant à l'office.

Qu'elles aillent prier puisque leur cloche sonne !

ROXANE, *se relevant pour appeler.*

Ma sœur ! ma sœur !

CYRANO, *la retenant.*

Non ! non ! n'allez chercher personne.
Quand vous reviendriez, je ne serais plus là.

Les religieuses sont entrées dans la chapelle, on entend l'orgue.

Il me manquait un peu d'harmonie... en voilà.

1. **Au seuil de mon tombeau** : tout près de la mort.

ROXANE

Je vous aime, vivez !

CYRANO

Non ! car c'est dans le conte
Que lorsqu'on dit : Je t'aime ! au prince plein de honte,
Il sent sa laideur fondre à ces mots de soleil...
Mais tu t'apercevrais que je reste pareil.

ROXANE

J'ai fait votre malheur ! moi ! moi !

CYRANO

Vous ?... au contraire !
J'ignorais la douceur féminine. Ma mère
Ne m'a pas trouvé beau. Je n'ai pas eu de sœur.
Plus tard, j'ai redouté l'amante à l'œil moqueur.
Je vous dois d'avoir eu, tout au moins, une amie.
Grâce à vous une robe a passé dans ma vie.

LE BRET, *lui montrant le clair de lune qui descend à travers les branches.*

Ton autre amie est là, qui vient te voir !

CYRANO, *souriant à la lune.*

Je vois.

ROXANE

Je n'aimais qu'un seul être et je le perds deux fois !

Cyrano

Le Bret, je vais monter dans la lune opaline[1],
Sans qu'il faille inventer, aujourd'hui, de machine.

Roxane

Que dites-vous ?

Cyrano

Mais oui, c'est là, je vous le dis,
Que l'on va m'envoyer faire mon paradis.
Plus d'une âme que j'aime y doit être exilée,
Et je retrouverai Socrate et Galilée !

Le Bret, *se révoltant.*

Non ! non ! C'est trop stupide à la fin, et c'est trop
Injuste ! Un tel poète ! Un cœur si grand, si haut !
Mourir ainsi !... Mourir !...

Cyrano

Voilà Le Bret qui grogne !

Le Bret, *fondant en larmes.*

Mon cher ami...

1. **Opaline** : de la couleur laiteuse de l'*opale*, pierre semi-précieuse.

Socrate est un célèbre philosophe grec de l'Antiquité, et Galilée, un savant italien de la Renaissance. Plus bas, Cyrano évoque aussi Copernic, qui a le premier démontré que la Terre tourne autour du Soleil.

CYRANO, *se soulevant, l'œil égaré.*

Ce sont les cadets de Gascogne...
– La masse élémentaire... Eh oui !... voilà le *hic*...

LE BRET

Sa science... dans son délire !

CYRANO

Copernic
A dit...

ROXANE

Oh !

CYRANO

Mais aussi que diable allait-il faire,
Mais que diable allait-il faire en cette galère ?...
Philosophe, physicien,
Rimeur, bretteur, musicien,
Et voyageur aérien,
Grand riposteur du tac au tac,
Amant[1] aussi – pas pour son bien ! –
Ci-gît[2] Hercule-Savinien
De Cyrano de Bergerac
Qui fut tout, et qui ne fut rien.
... Mais je m'en vais, pardon, je ne peux faire attendre :

1. **Amant** : amoureux.
2. **Ci-gît** : ici repose ; c'est l'inscription que l'on trouve traditionnellement sur les tombes.

Cyrano fait le bilan de sa vie sous forme d'épitaphe, c'est-à-dire l'inscription qu'il souhaite voir écrite sur sa tombe.

Vous voyez, le rayon de lune vient me prendre !
Il est retombé assis, les pleurs de Roxane le rappellent à la réalité, il la regarde, et caressant ses voiles :
Je ne veux pas que vous pleuriez moins ce charmant,
Ce bon, ce beau Christian, mais je veux seulement
Que lorsque le grand froid aura pris mes vertèbres,
Vous donniez un sens double à ces voiles funèbres,
Et que son deuil sur vous devienne un peu mon deuil.

ROXANE

Je vous jure !...

CYRANO *est secoué d'un grand frisson et se lève brusquement.*
Pas là ! non ! pas dans ce fauteuil !
On veut s'élancer vers lui.
– Ne me soutenez pas ! – Personne !
Il va s'adosser à l'arbre.
Rien que l'arbre !
Silence.
Elle[1] vient. Je me sens déjà botté de marbre,
– Ganté de plomb !
Il se raidit.
Oh ! mais !... puisqu'elle est en chemin,
Je l'attendrai debout,
Il tire l'épée.
et l'épée à la main !

1. **Elle** : la mort.

LE BRET

Cyrano !

ROXANE, *défaillante*[1].

Cyrano !

Tous reculent épouvantés.

CYRANO

Je crois qu'elle regarde...
Qu'elle ose regarder mon nez, cette Camarde ➲ !

Il lève son épée.

Que dites-vous ?... C'est inutile ?... Je le sais !
Mais on ne se bat pas dans l'espoir du succès !
Non ! non, c'est bien plus beau lorsque c'est inutile !
– Qu'est-ce que c'est que tous ceux-là ! – Vous êtes mille ?
Ah ! je vous reconnais, tous mes vieux ennemis !
Le Mensonge ?

Il frappe de son épée le vide.

Tiens, tiens ! – Ha ! ha ! les Compromis,
Les Préjugés, les Lâchetés !...

Il frappe.

Que je pactise[2] ?
Jamais, jamais ! – Ah ! te voilà, toi la Sottise !
– Je sais bien qu'à la fin vous me mettrez à bas[3] ;

1. **Défaillante** : sur le point de s'évanouir.
2. **Que je pactise** : que je fasse un pacte, un compromis.
3. **À bas** : à terre.

➲ **L'adjectif *camard, arde* signifie « qui a le nez plat et écrasé ». Le nom la Camarde désigne la mort, par référence aux squelettes qui n'ont pas de nez.**

N'importe : je me bats ! je me bats ! je me bats !
Il fait des moulinets[1] *immenses et s'arrête haletant.*
Oui, vous m'arrachez tout, le laurier et la rose[2] !
Arrachez ! Il y a malgré vous quelque chose
Que j'emporte, et ce soir, quand j'entrerai chez Dieu,
Mon salut balaiera largement le seuil bleu,
Quelque chose que sans un pli, sans une tache,
J'emporte malgré vous,
Il s'élance l'épée haute.
et c'est...
L'épée s'échappe de ses mains, il chancelle, tombe dans les bras de Le Bret et de Ragueneau.

ROXANE, *se penchant sur lui et lui baisant le front.*
C'est ?...

CYRANO *rouvre les yeux, la reconnaît et dit en souriant.*
Mon panache.

RIDEAU

1. **Moulinets** : grands mouvements d'épée.
2. **Le laurier et la rose** : la gloire et l'amour.

Edmond Rostand définit le panache comme « l'esprit de bravoure », « la pudeur de l'héroïsme, comme un sourire par lequel on s'excuse d'être sublime ».

LECTURE ACTIVE 8

Acte V, scènes 5 et 6

As-tu bien lu ?

1 Où le dénouement a-t-il lieu ?
☐ chez Cyrano ☐ chez De Guiche
☐ dans un couvent ☐ dans un théâtre

2 Que fait Cyrano pour distraire Roxane ?
☐ Il lui raconte les nouvelles de la cour.
☐ Il lui lit un poème d'amour qu'il a composé.
☐ Il lui parle des dernières pièces de théâtre auxquelles il a assisté.

3 Quel objet joue un rôle central ?
☐ une lettre ☐ un livre ☐ un ruban

4 Qu'est-ce qui provoque la mort de Cyrano ?

Atelier théâtre

Le thermomètre des émotions

▶ ***Objectif***. Travailler sur les registres* et l'intensité des émotions.

▶ ***Préparation***. Voici une réplique de Cyrano. Prendre le temps de la lire silencieusement. « CYRANO. — Non, ce n'était pas moi ! » Noter les états* suivants sur un morceau de papier : tristesse, regret, admiration, tendresse, timidité, colère, bonheur, détermination, douceur, épuisement, hésitation. D'autres émotions peuvent être ajoutées à cette liste.

▶ ***Mise en jeu***. Former un cercle pour délimiter l'espace de jeu. Un volontaire tire une émotion au sort. À tour de rôle, chacun adresse la réplique à un camarade, avec l'émotion sélectionnée. On peut recommencer l'exercice avec une autre réplique choisie par les élèves.

▶ ***Réfléchir ensemble***. Quelles difficultés ont été rencontrées dans cet exercice ? Comment les élèves ont-ils réussi à ressentir l'une ou l'autre émotion ?

DÉFI LECTURE

Que faut-il retenir de *Cyrano de Bergerac* ?

Les personnages

1 Qui suis-je ? Associe chaque définition au personnage qui lui correspond.

Je suis une précieuse, c'est pour cela que j'aime les hommes qui parlent et écrivent bien. •	• Christian
Je suis un homme qui sacrifie son amour à la piètre image qu'il a de lui-même. •	• Cyrano
Je suis un comte jaloux et possessif. •	• Le Bret
Je suis un jeune cadet de Gascogne, beau mais peu intellectuel. •	• Roxane
Je suis un pâtissier amoureux de la poésie. •	• De Guiche
Je suis le confident de Cyrano. •	• Ragueneau

2 Parmi ces vers, coche ceux qui sont prononcés par Cyrano.

☐ « Ah non ! C'est un peu court, jeune homme ! »

☐ « Tu te mets sur les bras, vraiment, trop d'ennemis ! »

☐ « Moi, c'est moralement que j'ai mes élégances. »

☐ « Les roseaux fournissaient le bois pour vos épées… »

☐ « Oui, tous les mots sont fins quand la moustache est fine. »

☐ « Ma chaise et mes porteurs, tout de suite : je monte. »

☐ « Je t'aime, je suis fou, je n'en peux plus, c'est trop ; »

L'intrigue

3 Numérote dans l'ordre les différents épisodes de l'histoire.

- .... Un jour, Roxane lui révèle qu'elle est folle amoureuse du beau Christian de Neuvillette.
- .... Cyrano lui propose d'écrire à sa place et de l'aider à conquérir le cœur de Roxane.
- .... De Guiche, jaloux, fait tout pour séparer les amoureux et fait envoyer les cadets de Gascogne à la guerre.
- .... Grâce à l'aide de Cyrano, prêt à tout pour le bonheur de sa cousine, Christian et Roxane s'aiment et se marient.
- .... Cyrano est désespérément amoureux de sa cousine Roxane, mais n'ose le lui révéler.
- .... Cyrano, quinze ans plus tard, alors qu'il est mourant, révèle son amour à Roxane.
- .... Christian meurt au siège d'Arras.
- .... Christian n'est pas doué pour écrire des lettres et déclarer son amour. Il est désespéré.

Les mots-clés de la pièce

4 Trouve dans la grille les mots clés de la liste : POÉSIE – TIRADE – ESCRIME – PRÉCIEUSE – DUÈGNE – BALCON – LETTRE.

Cinq noms propres s'y sont également glissés. À toi de les repérer ! Tu dois lire de gauche à droite, de haut en bas et de bas en haut.

C	E	N	G	O	C	S	A	G	K
H	S	T	I	R	A	D	E	U	B
R	U	C	L	V	L	K	X	A	A
I	E	Y	P	A	E	E	E	E	L
T	C	A	E	O	T	I	G	E	O
I	E	N	S	R	R	R	E	U	N
A	R	O	I	E	E	C	U	G	C
N	P	A	E	A	R	S	D	A	W
M	O	N	T	F	L	E	U	R	Y

La place Royale à Paris au XVIIe siècle, gravure. Paris, BnF.

LE DOSSIER

Cyrano de Bergerac

Dire l'amour, entre rire et larmes

REPÈRES

• Quel est le genre de la pièce ? **302**
• La pièce fait-elle rire ou pleurer ? **304**

PARCOURS DE L'ŒUVRE

• Étape 1. Étudier une scène d'exposition. **306**
• Étape 2. Analyser la scène de la « tirade du nez » **308**
• Étape 3. Observer un dialogue argumentatif **310**
• Étape 4. Étudier la scène de la déclaration d'amour ou « scène du balcon » **312**
• Étape 5. Caractériser le dénouement. **314**
• Étape 6. Analyser le personnage de Cyrano. **316**
• Étape 7. Étudier le thème du théâtre **318**
• Étape 8. Analyser différentes mises en scène de la pièce . . . **320**

TEXTES ET IMAGE

• Les amours impossibles : groupement de documents. **322**

Quel est le genre de la pièce ?

Edmond Rostand présente sa pièce comme une « comédie héroïque », genre dont les règles ont été fixées au XVIIe siècle. Mais son écriture dramatique subit aussi les influences du drame romantique. La comédie héroïque est un genre qui laisse une grande liberté au dramaturge, lequel peut emprunter des éléments à des genres très différents.

● UN GENRE NÉ AU XVIIe SIÈCLE

Au XVIIe siècle, la comédie héroïque est un genre adopté par Corneille avec *Don Sanche d'Aragon* (1650), ou Molière avec *Dom Garcie de Navarre* (1661), pièces dont l'intrigue se situe en Espagne. Elle obéit à plusieurs règles :
- elle met en scène des personnages de haut rang, comme des princes et des rois ;
- l'intrigue se noue autour d'une situation individuelle qui met en cause des intérêts d'État ;
- elle se finit bien ;
- elle utilise un niveau de langue soutenu.

*Les comédies héroïques françaises trouvent leur origine dans le drame espagnol (*comedia*). Dans ce genre apparu au XVIe siècle en Espagne, l'amour, l'honneur, la violence jouent un rôle de premier plan.*

● L'INFLUENCE DU DRAME ROMANTIQUE

Au XIXe siècle, la comédie héroïque se renouvelle sous l'influence du drame romantique. On retrouve en effet dans *Cyrano de Bergerac* plusieurs traits caractéristiques de ce genre théorisé par Victor Hugo dans la préface de sa pièce *Cromwell*, en 1827 :
- l'absence d'unité de lieu et de temps ;
- la dimension d'une fresque historique ;
- l'alternance du comique et du sérieux ;
- le mélange des registres de langue.

Le drame romantique, genre théâtral né dans le premier quart du XIXe siècle, se caractérise par le refus des règles classiques mises en place au XVIIe siècle, fondées sur les bienséances et la vraisemblance.

● UN GENRE HYBRIDE

Dès l'origine, la comédie héroïque mêle tragédie (en mettant en scène des personnages de haut rang et en utilisant un niveau de langue soutenu) et comédie (parce qu'elle se termine bien).

Au XIXe siècle, elle va plus loin encore en accentuant le mélange des tons et les emprunts à des sources très diverses. Ainsi, dans *Cyrano de Bergerac*, on trouve des emprunts faits :

- au roman courtois du Moyen Âge et à la littérature précieuse du XVIIe siècle, pour la description de la relation amoureuse ;
- au drame espagnol du XVIe siècle (*comedia*), pour l'arrière-plan politique ;
- à la farce italienne du XVIIe siècle, pour les personnages et certaines situations ;
- au drame romantique du XIXe siècle, pour la forme.

La farce italienne

L'expression « farce italienne » renvoie aux spectacles comiques de la commedia dell'arte, montés par des comédiens professionnels venus d'Italie, et qui ont rencontré un immense succès en France au XVIIe siècle.

Pour assurer un grand nombre de spectacles avec une troupe peu nombreuse, chaque comédien se spécialise dans un personnage-type, tels le soldat fanfaron, le vieillard amoureux, le couple d'amoureux, ou le valet rusé. Chaque personnage est associé à des éléments visuels (masque, costume, accessoire) qui permettent de le reconnaître.

Enfin, les mêmes gags (ou lazzi) se retrouvent de pièce en pièce, à l'image des coups de bâton.

Personnages de la commedia dell'arte, gravure, XVIIIe siècle.

La pièce fait-elle rire ou pleurer ?

Comme dans le drame romantique dont il est l'héritier, Edmond Rostand mêle les éléments comiques et les éléments pathétiques pour que le spectateur soit sans cesse ému, toujours entre rire et larmes.

• COMMENT LA PIÈCE NOUS FAIT-ELLE RIRE ?

Tous les types de comique

Dans *Cyrano de Bergerac*, le comique naît :
- de la **gestuelle** des personnages (mimiques, mouvements grotesques, bastonnade) ;
- du **texte** lui-même : nombreux jeux de mots de Cyrano, invention d'un mot, jeu sur les consonances ;
- du **caractère** des personnages : comportement ridicule qui fait rire les spectateurs ;
- de la **situation** : l'effet comique est provoqué par une situation inattendue.

La visée satirique

La satire consiste à provoquer le rire en critiquant un comportement ridicule ou immoral. Dans *Cyrano de Bergerac*, Edmond Rostand met en scène la société française du XVIIe siècle, déjà objet de satire dans les comédies de Molière. Mais plusieurs clins d'œil à la société contemporaine de l'écriture de la pièce montrent que cette satire est toujours d'actualité.

La parodie

Le spectateur cultivé peut se réjouir de reconnaître dans *Cyrano de Bergerac* la parodie de formes d'écriture typiques du XVIIe siècle (pastorale, poésie précieuse) ou d'autres formes littéraires (le roman de cape et d'épée, en particulier *Les Trois Mousquetaires*, d'Alexandre Dumas). On peut alors parler d'un comique de connivence.

La parodie est l'imitation, dans une intention comique ou satirique, d'un genre sérieux (comme l'épopée ou la tragédie), du style d'un auteur, d'une œuvre... L'objectif de la parodie est de créer une complicité avec le lecteur.

• COMMENT LA PIÈCE PROVOQUE-T-ELLE L'ÉMOTION ?

Cyrano de Bergerac présente la particularité de provoquer, non seulement le rire, mais aussi les larmes, et de susciter l'admiration pour son personnage principal.

Le pathétique

Dans *Cyrano de Bergerac*, le pathétique naît à la fois des caractéristiques du personnage (Cyrano qui souffre de ne pas être aimé de sa cousine) et de la situation (Christian qui meurt à la guerre en pleine jeunesse, Roxane qui comprend les sentiments de Cyrano à son égard au moment où il meurt). La mise en scène, par le choix du décor, de la lumière, éventuellement de la musique, peut prendre le parti d'accentuer le pathétique ou, à l'inverse, de l'atténuer.

Le mot pathétique *vient du grec* pathos, *qui signifie « souffrance ». La tonalité pathétique cherche à susciter, chez le lecteur ou le spectateur, des sentiments intenses (compassion, pitié, douleur, terreur...).*

Le lyrisme

La tonalité lyrique consiste à susciter l'émotion du lecteur/spectateur. Les lettres d'amour écrites par Cyrano sont empreintes de lyrisme. Dans la scène du balcon, on sourit de voir Christian s'empêtrer dans une tentative de lyrisme, et on s'émeut de la sincérité de Cyrano.

L'empathie au service de l'admiration

En faisant alterner le comique et le pathétique, Edmond Rostand parvient à susciter l'empathie des spectateurs pour les héros de sa pièce, et en particulier, bien sûr, pour Cyrano.

Celui-ci apparaît comme un être exceptionnel qui, malgré ses contradictions internes (très courageux au combat, il devient timide en face de sa cousine), va jusqu'au bout de son destin. C'est ainsi qu'à la peine éprouvée par le spectateur au moment de sa mort s'ajoute l'admiration devant sa détermination, son courage, et la noblesse de ses sentiments.

L'empathie (du grec en, *« dedans » et* pathos, *« souffrance ») est la faculté de se mettre à la place de quelqu'un, de ressentir ce qu'il ressent.*

Étape I • Étudier une scène d'exposition*

SUPPORT • Acte I, scène 2 (p. 27-44).

OBJECTIF • Repérer comment cette scène* présente les personnages et met en place l'intrigue*.

La présentation des personnages

1 Qu'apprend-on sur Christian dans la scène d'exposition ?

Sur son titre de noblesse	....
Sur son aspect physique	....
Sur sa région d'origine	....
Sur la raison de sa venue à Paris	....

2 Et sur Roxane ? Justifie chaque caractéristique par une réplique.

Elle n'est pas noble.	....
Elle connaît Cyrano de longue date.	....
Elle est très belle.	....
Elle est cultivée.	....

3 Pourquoi Cyrano apparaît-il d'emblée comme un personnage extravagant ?

4 La scène présente également un certain nombre de personnages secondaires. À quel personnage correspondent les portraits suivants ?

Cet ami de Christian est un ivrogne. •	• Lignière
Ce cuisinier est amateur de poésie et de théâtre. •	• De Guiche
Cet aristocrate est aussi puissant que sournois. •	• Le Bret
Cet ami de Cyrano s'inquiète pour lui. •	• Ragueneau

La mise en place de l'intrigue

5 Quels sentiments Christian éprouve-t-il à l'égard de Roxane ?

6 Pourquoi craint-il de l'aborder ?

7 Quel autre obstacle risque de s'interposer entre les deux jeunes gens ?

La langue et le style

8 **Une pièce en vers.** Quel type de vers Edmond Rostand utilise-t-il ? Montre que les vers sont souvent scindés en plusieurs répliques.

Faire le bilan

9 **Une scène d'exposition.** Montre que cette scène constitue bien une scène d'exposition.

Cette scène est une scène d'exposition car elle est située .... de la pièce, en présente les personnages, et met en place l'intrigue. On y apprend que .... est amoureux de la belle ...., qui est la cousine de .... Roxane est persécutée par ...., qui veut .... Cyrano, quant à lui, a promis d'empêcher le comédien Montfleury d'entrer en scène : les commentaires des spectateurs présentent le héros comme un personnage .... et ....

À ton avis

10 **Une arrivée différée.** Pourquoi Edmond Rostand a-t-il choisi de retarder l'entrée en scène de Cyrano ?

Enquêter maintenant

11 **Montfleury**. Fais une petite recherche sur le comédien Montfleury. Quel autre auteur célèbre l'a caricaturé dans l'une de ses pièces ?

Étape 2 • Analyser la scène de la « tirade du nez »

SUPPORT • Acte I, scène 4 (p. 56-88).

OBJECTIF • Mettre en évidence les aspects comiques de la scène et analyser la maîtrise oratoire de Cyrano.

Les différentes formes de comique

1 Associe les éléments suivants à une forme de comique : comique de situation, comique de caractère, comique de gestes, comique de mots.

Montfleury disparaît du plateau sous les rires de la foule, après s'être fait humilier publiquement.	....
Cyrano donne un coup de pied dans le derrière du fâcheux.	....
Le vicomte de Valvert est à la fois arrogant et dénué d'esprit.	....
Cyrano le « mouche » avec une tirade pleine d'esprit.	....

Cyrano et Valvert : un face-à-face qui suscite le rire

2 Quel est le sujet de la querelle entre Valvert et Cyrano ?

3 Compare le « trait » du vicomte et la réponse de Cyrano : que constates-tu ?

4 Pourquoi cette longue tirade* de Cyrano (v. 313-366) met-elle particulièrement en valeur les qualités du comédien qui interprète ce rôle ?

5 Relis les répliques* de Valvert dans la scène, et les didascalies* qui le concernent : pourquoi peut-on parler, à son propos, de satire* ?

La langue et le style

6 Jeux de mots. La scène est ponctuée de nombreux jeux de mots : quel est celui qui, selon toi, est le plus drôle ?

7 Néologismes. Cyrano utilise aussi des néologismes* : relève-les. Quel est l'effet produit par leur emploi ?

Faire le bilan

8 Un virtuose du langage. Montre que cette scène présente Cyrano comme un personnage plein de verve et maîtrisant parfaitement l'art du discours.

Cyrano déteste le comédien .... et fait tout pour le faire sortir de ...., provoquant le mécontentement du .... Les spectateurs oublient vite leur insatisfaction car Cyrano se donne lui même en .... Il improvise une grande .... sur son nez, provoque le vicomte de .... en duel et arrive à se battre tout en composant un ....

À ton avis

9 Un premier acte vivant et drôle. Quelle est la scène la plus drôle de l'acte ? Pourquoi ?

Écrire maintenant

10 Une scène de comédie. Cyrano refuse de dire la deuxième raison pour laquelle il en veut à Montfleury : imagine l'événement qui a pu déclencher sa colère et raconte-le sous la forme d'une scène de comédie mettant en scène Cyrano et Montfleury. Tu utiliseras le comique de mots et le comique de gestes.

Étape 3 • Observer un dialogue argumentatif

SUPPORT • Acte II, scène 8, de « Si tu laissais un peu » (v. 964) à la fin (p. 159-163).

OBJECTIF • Repérer la dimension argumentative du passage, analyser les arguments de Cyrano et les valeurs qu'ils expriment.

L'argumentation de Cyrano

1 Dans la première partie de la tirade, quelle est la formule qui, scandant le texte, permet d'insister sur tout ce que Cyrano refuse ?

2 Dans le texte, trouve les citations qui te permettent d'affirmer que Cyrano refuse de faire les choses suivantes :

rechercher un mécène*	....
se soumettre à un homme puissant	....
accepter un compromis	....
tout faire pour être à la mode	....
louer des auteurs qu'il n'estime pas	....
se préoccuper de sa réputation	....

3 À l'inverse, quelles sont les valeurs dans lesquelles il se reconnaît ?

La discussion avec Le Bret

4 Quelle expression permet d'articuler la tirade de Cyrano et la réponse de Le Bret ?

5 Quelle objection Le Bret oppose-t-il à Cyrano ?

6 Quelle formule paradoxale* permet à Cyrano de balayer les arguments de son ami ?

7 Quelle est la dernière réplique de Cyrano ? Comment comprends-tu sa réaction ? Quelle image donne-t-elle du héros ?

La langue et le style

8 Figures de style

a. « Et comme un lierre obscur qui circonvient un tronc / Et s'en fait un tuteur en lui léchant l'écorce, / Grimper par ruse au lieu de s'élever par force » (v. 967-969) : comment se nomme la figure de style à laquelle Cyrano recourt ici ?
Quel est son sens ?

b. Relève, dans la suite de l'échange entre Le Bret et Cyrano, une comparaison développée sur plusieurs vers.

Faire le bilan

9 Valeurs héroïques. Récapitule les valeurs défendues par Cyrano et les procédés qu'il utilise pour amener Le Bret à les partager.

À ton avis

10 Tu es comédien. Tu dois passer une audition* : choisis-tu d'interpréter la tirade du nez ou la tirade du lierre ? Réponds de manière argumentée, en t'appuyant sur les effets produits par chacun des deux passages, et les qualités d'acteur que te permet de mettre en avant la tirade que tu as choisie.

Écrire maintenant

11 Défendre ses principes au risque d'être impopulaire ? Accordes-tu beaucoup d'importance au fait d'être à la mode, d'être populaire ? Serais-tu prêt à renoncer à tes principes pour cela ? Réponds par un paragraphe argumenté, dans lequel tu utiliseras au moins deux arguments.

Étape 4 • Étudier la scène de la déclaration d'amour ou « scène du balcon »

SUPPORT • Acte III, scène 7 (p. 212-224).

OBJECTIF • Repérer les procédés utilisés par le dramaturge* pour rendre cette scène émouvante.

La mise en scène du trio amoureux

1 Combien le spectateur voit-il de personnages sur scène ? Pourquoi peut-on dire qu'il en sait plus que Roxane ?

2 Pourquoi peut-on parler de quiproquo* dans cette scène ?

3 Quelle est la réaction de Cyrano quand Christian demande un baiser à Roxane ?

Une scène riche en émotions

4 Quel est la tonalité littéraire dominant dans cette scène ?

5 Relève, dans les didascalies, les éléments qui rendent compte des émotions ressenties par chacun des personnages.

Christian	....
Cyrano	....
Roxane	....

6 Quel est le personnage dont les émotions sont le mieux décrites ? Comment peux-tu l'expliquer ?

La langue et le style

7 Le langage de Cyrano

a. Cyrano, en s'adressant à Roxane, utilise un langage précieux : relève les métaphores* qui servent à évoquer l'amour.

b. À partir de quelle réplique le langage de Cyrano devient-il plus simple ? Relève, dans sa façon de s'exprimer, quelques éléments qui visent à donner l'impression que son discours est plus spontané.

Faire le bilan

8 Une scène émouvante. Montre comment, en mettant en scène le trio amoureux, le dramaturge crée une scène particulièrement émouvante.
Complète le texte avec les mots suivants : sacrifice – Christian – précieuse – éloquence – impossible – renoncement – procuration.

Cyrano possède les qualités d'................. qui font défaut à .... Croyant son amour pour Roxane ...., il aide le jeune homme à séduire la ...., et vit cet amour par .... Son .... et son .... sont très émouvants.

À ton avis

9 Un sacrifice. Cyrano a-t-il eu raison de sacrifier ses sentiments au bonheur des deux jeunes gens ? Réponds à cette question par un paragraphe argumenté, dans lequel tu utiliseras au moins deux arguments.

Écrire maintenant

10 Le récit de Roxane. Une fois Christian parti, Roxane raconte la scène à sa duègne, telle qu'elle l'a vécue, et lui fait part des émotions qu'elle a ressenties. Écris son récit en une vingtaine de lignes.

Étape 5 • Caractériser le dénouement*

SUPPORT • Acte V, scènes 5 et 6 (p. 272-296).

OBJECTIF • Mettre en évidence le caractère pathétique du dénouement, montrer comment Cyrano reste maître du jeu jusqu'à la fin.

*Les ultimes péripéties**

1 Que découvre Roxane après quatorze années ?

2 Comment Cyrano cherche-t-il à cacher la vérité à Roxane dans ces trois occurences ?

- quand sœur Marthe voit qu'il est gravement blessé ;
- quand il s'évanouit ;
- quand Roxane découvre qu'il est l'auteur de la lettre.

3 Par le personnage de Ragueneau, qu'apprend-on sur la carrière littéraire de Cyrano ?

4 Quel est le dernier ennemi contre lequel Cyrano dégaine son épée ?

*Le pathétique**

5 Dans la scène 5, quels échos peut-on voir entre le texte de la lettre et la situation de Cyrano ?

6 Repère, dans les didascalies de la scène 5, les indications sur la lumière. Que remarques-tu ? Quel est l'effet produit ?

7 Explique le sens de cette réplique de Roxane dans la scène 6 : « Je n'aimais qu'un seul être et je le perds deux fois » (v. 2521).

8 **a.** Dans les didascalies de la scène 6, relève les indications concernant la réaction des personnages qui assistent à la mort de Cyrano.

b. Quels sentiments éprouvent-ils ?

La langue et le style

9 Dans la scène 6, quelle allégorie* sert à désigner la mort ? Pourquoi, selon toi, le dramaturge a-t-il fait ce choix ?

Faire le bilan

10 Un dénouement pathétique. Montre que les deux dernières scènes de *Cyrano de Bergerac* constituent un dénouement pathétique*. Complète le texte avec les mots suivants : dignité – humour – pleurent – quinze – anecdotes – Roxane – duels – batailles – amour – raisonne.

Après avoir connu de nombreux .... et de nombreuses ...., Cyrano meurt blessé par une pièce de bois. Jusqu'au bout, il cherche à cacher son état à .... et fait preuve d'une grande .... Jusqu'au bout, il ...., fait preuve d'.................., raconte des .... de la cour pour distraire sa bien-aimée. Tous .... à l'idée de sa disparition prochaine. La vérité sur son .... est découverte, après .... ans, mais il est trop tard.

À ton avis

11 Quinze ans plus tard. En quoi le fait que cette fin se déroule quinze ans plus tard renforce-t-elle le pathétique ? Que se serait-il passé, selon toi, si Roxane avait découvert la vérité beaucoup plus tôt ?

Écrire maintenant

12 La lettre d'un spectateur. Le soir de la première* de *Cyrano de Bergerac*, un spectateur, bouleversé, écrit une lettre à un ami qui n'a pas vu le spectacle, et lui explique les émotions qu'il a ressenties lors du dénouement. Ta lettre fera une page environ.

Étape 6 • Analyser le personnage de Cyrano

SUPPORT • Toute la pièce plus le dossier.

OBJECTIF • Comprendre ce qui fait la richesse du personnage de Cyrano.

De la réalité à la fiction

1 Fais une petite recherche sur Savinien de Cyrano de Bergerac. Trouve quatre points communs entre ce personnage historique et le Cyrano de la pièce.

2 Dans la pièce, où se déroule le duel entre Cyrano et le vicomte de Valvert ? Dans la réalité, quelles auraient pu être les conséquences de ce duel pour Cyrano ?

3 Dans la scène 13 de l'acte* III, afin de permettre le mariage de Roxane et Christian, Cyrano retarde l'arrivée du comte de Guiche en lui faisant croire qu'il est tombé de la Lune. En quoi cette scène constitue-t-elle un clin d'œil à l'œuvre du vrai Cyrano de Bergerac ?

Un héros plein de panache

4 Quelles caractéristiques et quel goût Cyrano partage-t-il avec ses camarades de la compagnie des Cadets ?

5 Quel défaut peut-on lui reconnaître ?

- ☐ l'avarice
- ☐ l'orgueil
- ☐ la paresse

6 Que demande Cyrano à Roxane, après qu'elle a découvert la vérité, dans la scène 5 de l'acte IV ? Quel adjectif convient le mieux pour qualifier son attitude ? Justifie ta réponse.

☐ arrogante	☐ mesquine
☐ noble	☐ ridicule

7 Montre, de manière argumentée et en prenant appui sur des exemples, que Cyrano incarne les valeurs suivantes : l'altruisme, la bravoure, l'indépendance, la loyauté.

Faire le bilan

8 **L'incarnation du panache.** Montre comment Edmond Rostand s'est inspiré de la vie d'un personnage réel pour en faire l'incarnation du panache. Complète le texte avec les mots suivants : mariage – vraisemblance – modèle – panache.

Pour créer le héros de sa pièce, Edmond Rostand s'est inspiré d'un personnage réel. Toutefois, Rostand prend des libertés avec son .... : ainsi l'histoire de l'amour impossible avec sa cousine Roxane, et du .... de celle-ci avec le beau Christian, est inventée par le dramaturge*, qui ne cherche pas ici la .... Cette histoire lui permet de faire du protagoniste* de la pièce un personnage haut en couleur, plein de verve et de « .... ».

À ton avis

9 **Trop sévère avec lui-même ?** À la fin de la pièce, Cyrano affirme : « J'aurai tout manqué, même ma mort » (V, 6, v. 2486). Partages-tu ce point de vue ?

Enquêter maintenant

10 **Le choix d'un héros.** Si, comme Edmond Rostand, tu devais choisir un personnage célèbre ayant réellement existé pour en faire le héros (ou l'héroïne) d'une comédie héroïque, lequel choisirais-tu ? Justifie ta réponse en précisant au moins deux valeurs que cette personne incarne à tes yeux, et en utilisant à chaque fois un exemple.

Étape 7 • Étudier le thème du théâtre

SUPPORT • L'ensemble de la pièce, le dossier et l'enquête.

OBJECTIF • Comprendre que la pièce est à la fois un hommage rendu au théâtre et une réflexion sur les pouvoirs du théâtre.

Un hommage au théâtre sous toutes ses formes

1 Relie chaque élément de la pièce au genre théâtral auquel il est emprunté.

- commedia dell'arte* •
- drame romantique •
- tragédie •

- • Le décor change à chaque acte, les combats et la mort du héros ont lieu sur scène.
- • Cyrano est comparé à Scaramouche, il menace ses ennemis de coups de bâton et de coups de pieds dans le derrière.
- • Montfleury interprète le héros de *La Clorise*.

Le théâtre dans le théâtre*

2 Que se passe-t-il dans la première scène de la pièce, avant l'entrée en scène de Christian et de Roxane ? En quoi peut-on comparer la situation des personnages, sur scène, et celle des spectateurs, dans la salle ?

3 Dans *Cyrano de Bergerac*, quelle est la pièce enchâssée dans la scène 4 de l'acte I ?

Le théâtre de la société

4 Dans la première scène de la pièce, pourquoi peut-on dire que les aristocrates se donnent en spectacle ?

5 Dans la « tirade du lierre » (v. 967-1015), quel « rôle » Cyrano refuse-t-il de jouer dans la société ?

Cyrano, incarnation du théâtre

6 Dans la scène du duel (I, 4), pourquoi peut-on dire que Cyrano est à la fois auteur, interprète* et metteur en scène* ?

7 Dans la scène du balcon (III, 7), relie les actes de Cyrano à un emploi propre au théâtre.

- Il compose le texte de la déclaration d'amour : ....
- Il parle à la place de Christian : ....
- Il indique à Christian où il doit se placer : ....
- Il assiste au baiser entre Christian et Roxane : ....

Faire le bilan

8 **Un thème central.** Complète le texte avec les mots suivants : théâtre (2fois) – confident – protecteur – souffleur – messager.

Edmond Rostand inclut dans sa pièce des procédés typiques d'autres genres théâtraux, auxquels il rend hommage. La pièce est une réflexion sur la puissance du théâtre. D'emblée, le procédé du .... dans le .... attire l'attention des spectateurs sur ce thème. Ensuite, Cyrano est présenté comme un homme refusant la comédie sociale. Dans sa vie privée, il assume auprès de Roxane et de Christian tour à tour les rôles de ...., ..., ..., ..., qui renvoient tous à l'univers théâtral.

À ton avis

9 **Victime de son rôle ?** Peut-on dire de Cyrano qu'il est victime du rôle qu'il interprète ?

Enquêter maintenant

10 **Interprètes sur scène ou à l'écran.** Cite quelques comédiens célèbres qui ont incarné le rôle de Cyrano, sur scène ou à l'écran. Quel acteur imaginerais-tu, toi, dans ce rôle ? Pourquoi ?

Étape 8 • Analyser des mises en scène de la pièce

SUPPORT • Les six photos du cahier couleur ; la présentation des mises en scène, p. 12-13.

OBJECTIF • Analyser et comparer trois mises en scène de la pièce, correspondant à trois partis pris bien différents.

Le personnage de Cyrano (photos 1, 3 et 5)

1 Dans chacune des trois mises en scène, décris le personnage de Cyrano (physique, allure, costumes). Quels indices permettent de le reconnaître immédiatement ?

	Mise en scène de D. Podalydès (photo 1)	Mise en scène de G. Bouillon (photo 3)	Mise en scène de D. Pitoiset (photo 5)
Aspect physique	....	....	....
Costume	....	....	....
Attitude, accessoires...	....	....	....

2 Quelle mise en scène donne du personnage une représentation inhabituelle ? Justifie ta réponse.

La scène du balcon (photos 2, 4 et 6)

3 À quels détails reconnaît-on le lieu et le moment de l'action ?

4 Comment le balcon est-il représenté dans chacune des mises en scène ?

5 Où se situent les différents personnages, les uns par rapport aux autres ?

6 Comment le quiproquo* imaginé par Cyrano et Christian est-il mis en scène, de manière que Roxane ne les démasque pas ?

L'intention générale

7 Pour chaque mise en scène, indique quels adjectifs te paraissent le mieux correspondre aux décors choisis : dépouillé – moderne – froid – ingénieux – poétique – symbolique – coloré – chaleureux – modulable – réaliste.

Mise en scène de Denis Podalydès	Mise en scène de Gilles Bouillon	Mise en scène de Dominique Pitoiset
…………………………	…………………………	…………………………
…………………………	…………………………	…………………………

8 Quelle mise en scène te paraît la plus poétique ? la plus « décalée » ? Justifie ton point de vue en t'aidant des présentations pages 12 et 13 et des ressources vidéo proposées.

À ton avis

9 **Liberté ou fidélité ?** Penses-tu qu'un metteur en scène puisse prendre des libertés par rapport à un texte culte comme celui de *Cyrano de Bergerac*, ou qu'il doive au contraire y rester extrêmement fidèle ?

10 **Le spectacle le plus attractif.** Au vu des images que tu as étudiées, à quelle représentation aurais-tu préféré assister ? Pourquoi ?

Faire le bilan

11 **Du texte à la mise en scène.** Complète le texte avec ces mots : mise en scène – psychologique – enjeux – spectateur – texte – théâtre – metteur en scène – Comédie-Française.

Le théâtre est un art vivant : si le ……………… ne change pas, chaque nouvelle ……………… est une création et le ……………… a, à chaque fois, l'impression de redécouvrir la pièce. Chaque ……………… a sa vision propre des ……………… de la pièce. Ainsi, D. Podalydès veut traduire l'héritage de la pièce dans une salle historique, la ……………… . G. Bouillon célèbre l'amour du ……………… dans des scènes collectives très fortes. D. Pitoiset insiste sur la dimension ……………… du personnage de Cyrano.

Les amours impossibles : groupement de documents

OBJECTIF • Travailler, à travers différents documents, sur le motif de la « scène du balcon », symbole de l'amour inaccessible.

DOCUMENT 1 *Lancelot passant le pont de l'Épée, enluminure d'un manuscrit du* Lancelot-Graal *(III,* Roman de Lancelot, *vers 1375), vers 1475.*

Lancelot traverse le pont de l'Épée pour retrouver Guenièvre, l'épouse du roi Arthur, enlevée par Méléagant. Il doit ensuite affronter deux lions enchantés. Le roi Baudemagu assiste avec Guenièvre à ces prouesses depuis une tour du château.

« Lancelot passe le pont de l'épée ». Dans Lancelot du lac, *manuscrit enluminé par Evrard d'Espinques, vers 1470.*

DOCUMENT 2 *« Aux rives les plus nues des plus lointaines des mers, / Pour un bien tel que toi je me risquerais »*

Quand Roméo Montaigu et Juliette Capulet, enfants de deux familles ennemies, se rencontrent, le coup de foudre est réciproque. Une nuit, Roméo pénètre dans le jardin des Capulet et aperçoit Juliette au balcon de sa chambre.

[...]

JULIETTE

Comment es-tu venu, dis, et pourquoi ?
Les murs de ce verger sont hauts, durs à franchir,
Et ce lieu, ce serait ta mort, étant qui tu es,
Si quelqu'un de mes proches te découvrait.

ROMÉO

Sur les ailes légères de l'amour,
J'ai volé par dessus ces murs. Car des clôtures de pierre
Ne sauraient l'arrêter. Ce qui lui est possible,
L'amour l'ose et le fait. Et c'est pourquoi
Ce n'est pas ta famille qui me fait peur.

JULIETTE

Ils te tueront, s'ils te voient.

ROMÉO

Hélas, plus de périls sont dans tes yeux
Que dans vingt de leurs glaives[1]. Souris-moi,
Et je suis à l'épreuve de leur colère.

JULIETTE

Je ne voudrais pour rien au monde qu'ils te trouvent

---

1. **Glaives** : épées de combat à deux tranchants.

ROMÉO

J'ai le manteau de la nuit pour me dérober à leurs yeux.
Mais qu'ils me trouvent, si tu ne m'aimes !
Sous les coups de leur haine plutôt mourir
Que d'attendre une lente mort sans ton amour.

JULIETTE

Qui t'a guidé jusqu'ici ?

ROMÉO

L'amour, qui m'a d'abord fait m'enquérir[2].
Il me donna conseil, je lui prêtai mes yeux.
Je n'ai rien du pilote. Et pourtant, vivrais-tu
Aux rives les plus nues des plus lointaines des mers,
Pour un bien tel que toi je me risquerais.

JULIETTE

Sur mon visage
Je porte, tu le vois, le masque des ténèbres,
Sinon l'idée que tu m'as entendue, ce soir,
Empourprerait mes joues de jeune fille.
Que je voudrais être convenable, que je voudrais,
Ce que j'ai dit, le détruire ! Mais adieu, mes bonnes manières,
M'aimes-tu ? je sais bien que tu diras oui,
Et je te croirai sur parole. Mais si tu jures,
Tu peux te parjurer. Des parjures d'amants
On dit que Jupiter se moque... Ô Roméo,
Si tu m'aimes, proclame-le d'un cœur bien sincère,
Et si tu m'as trouvée trop aisément séduite,
Je me ferai dure et coquette, je dirai non,
Mais pour que tu me courtises, car autrement
J'en serais incapable... Beau Montaigu,

2. **M'enquérir** : me renseigner.

Je suis bien trop éprise, et c'est pourquoi
Tu peux trouver ma conduite légère,
Mais, crois-moi, âme noble, je serai
Plus fidèle que d'autres qui, plus rusées,
Savent paraître froides. [...]

WILLIAM SHAKESPEARE, *Roméo et Juliette*, acte II, scène 2, 1594-1595.

DOCUMENT 3 *« Une dernière fois ! Après je la déchire ! »*

Ruy Blas *est un drame romantique écrit par Victor Hugo en 1838. Don Salluste veut se venger de la Reine, qui a ordonné sa disgrâce. Il demande à son valet Ruy Blas, amoureux de la Reine, de devenir l'amant de celle-ci, sous les traits de don César, son cousin. Commence alors un jeu de séduction qui intrigue et charme la Reine, délaissée par son époux.*

LA REINE, *seule*.

[...]

Rêvant.

Oh ! Cette main sanglante empreinte sur le mur !
Il s'est donc blessé ? Dieu ! – mais aussi c'est sa faute.
Pourquoi vouloir franchir la muraille si haute ?
Pour m'apporter les fleurs qu'on me refuse ici,
Pour cela, pour si peu, s'aventurer ainsi !
C'est aux pointes de fer qu'il s'est blessé sans doute.
Un morceau de dentelle y pendait. Une goutte
De ce sang répandu pour moi vaut tous mes pleurs.

S'enfonçant dans sa rêverie.

Chaque fois qu'à ce banc je vais chercher les fleurs,
Je promets à mon Dieu, dont l'appui me délaisse,
De n'y plus retourner. J'y retourne sans cesse.
– Mais lui ! Voilà trois jours qu'il n'est pas revenu
– Blessé ! – Qui que tu sois, ô jeune homme inconnu

Toi qui, me voyant seule et loin de ce qui m'aime,
Sans rien me demander, sans rien espérer même,
Viens à moi, sans compter les périls où tu cours ;
Toi qui verses ton sang, toi qui risques tes jours
Pour donner une fleur à la reine d'Espagne ;
Qui que tu sois, ami dont l'ombre m'accompagne,
Puisque mon cœur subit une inflexible loi,
Sois aimé par ta mère et sois béni par moi !

Vivement et portant la main à son cœur.

– Oh ! Sa lettre me brûle !

[...]

Oui, je vais la relire
Une dernière fois ! Après, je la déchire !

Avec un sourire triste.

Hélas ! Depuis un mois je dis toujours cela.

Elle déplie la lettre résolument et lit.

« Madame, sous vos pieds, dans l'ombre, un homme est là
Qui vous aime, perdu dans la nuit qui le voile ;
Qui souffre, ver de terre amoureux d'une étoile ;
Qui pour vous donnera son âme, s'il le faut ;
Et qui se meurt en bas quand vous brillez en haut. »

VICTOR HUGO, *Ruy Blas*, acte II, scène 2, 1838.

DOCUMENT 4 *Photogramme extrait du film* West Side Story, *de Robert Wise et Jerome Robbins, 1961.*

L'action de cette comédie musicale se passe à New York, dans les années 1950. Tony, un Américain d'origine polonaise et Maria, une jeune Portoricaine, sont amoureux, mais leurs familles respectives appartiennent à des clans rivaux, les Jets et les Sharks. Un soir, Tony rejoint Maria au pied de son balcon.

Natalie Wood et Richard Beymer dans le film West Side Story, *réalisé par Jerome Robbins et Robert Wise en 1961.*

Lire les documents

Document 1

1 **a.** Quelles sont la nature et l'époque du document ? Qui sont les personnages en présence ? Où se trouvent-ils l'un par rapport à l'autre ?

b. Quels éléments rendent la conquête amoureuse périlleuse et presque irréalisable ?

c. Fais une petite recherche : qu'est-ce que l'amour courtois ? En quoi cette image est-elle l'illustration de cette conception de l'amour ?

Document 2

2 **a.** À quel endroit et à quel moment Roméo et Juliette se rencontrent-ils ?

b. Quels obstacles a dû franchir Roméo ? Quels dangers court-il, selon Juliette ?

c. Que lui avoue Juliette, à la fin de l'extrait ?

Document 3

3 **a.** La Reine parle seule. Comment appelle-t-on ce type de réplique ?

b. De qui la Reine parle-t-elle au début de sa réplique ? Qu'a fait ce personnage mystérieux pour elle ?

c. Quels sentiments contradictoires la Reine éprouve-t-elle ? À quel moment a-t-on l'impression qu'il s'agit d'un véritable dialogue avec elle-même ?

Document 4

4 **a.** Comment s'expriment les sentiments des personnages ? Observe en particulier leur position et l'expression de la jeune fille.
b. À ton avis, quel est le sujet de leur conversation ?

Comparer les documents

5 **a.** Montre que, pour chacun de ces quatre couples, un élément physique symbolise la séparation des deux amants.

Lancelot et Guenièvre	....
Roméo et Juliette	....
Ruy Blas et la Reine	....
Tony et Maria	....

b. De quoi cette séparation physique est-elle symbolique ?

c. Quels sont les obstacles principaux à l'accomplissement de l'amour dans les quatre documents ?

À ton avis

6 Dis en quoi la déclaration d'amour de Ruy Blas à la Reine est particulièrement touchante, en t'appuyant sur les images, les figures de style...

Écrire maintenant

7 Imagine, sous la forme d'un dialogue de théâtre, l'échange entre Maria et Tony dans la scène représentée sur le document 4.

L'intrigue de Cyrano de Bergerac *se déroule sous le règne de Louis XIII, et met en scène des personnages appartenant à la haute société parisienne. Pourtant, sur plusieurs points, la vie quotidienne sous Louis XIII était bien différente de ce que nous montre Edmond Rostand dans sa pièce.*

L'ENQUÊTE

La vie quotidienne sous Louis XIII

1 Comment la société est-elle organisée sous Louis XIII ? 332

2 Quels sont les divertissements à la mode ? 335

3 Comment se bat-on à l'époque de Louis XIII ? ... 339

4 L'amour et l'argent : comment se marie-t-on ? .. 342

1 Comment la société est-elle organisée sous Louis XIII ?

La société française sous Louis XIII est une société d'ordres[1]. Les sujets du souverain sont répartis en trois catégories : le clergé, la noblesse et le tiers état.
À chaque ordre est associé une fonction symbolique : le clergé prie, la noblesse se bat, le tiers état travaille.
Mais, à l'intérieur de chacun des ces « ordres », existent de grandes disparités.

● LA NOBLESSE ET SES SUBTILES HIÉRARCHIES

Les membres de l'aristocratie sont distingués selon l'origine, plus ou moins ancienne, de leur noblesse : les uns sont nobles de naissance, alors que d'autres ont acquis leur titre grâce à une lettre d'anoblissement du roi. Aux nobles d'origine plus ancienne sont accordés des privilèges symboliques plus importants, tel celui de porter le titre de « gentilhomme[2] ».

Les nobles qui habitent la campagne et ont pour activité principale de cultiver leurs terres sont souvent considérés avec mépris par ceux qui vivent à Paris, dans le prestigieux quartier du Marais, et fréquentent la cour du roi.

● L'ASCENSION DES GRANDS BOURGEOIS

Les différences sont encore plus grandes au sein du tiers état, qui regroupe aussi bien des paysans fort pauvres que des bourgeois qui, notamment grâce au commerce, se sont enrichis et mènent un mode de vie équivalent à celui de la noblesse. Ainsi, la haute société, qui vit à Paris et fréquente la cour du roi, est formée à la fois d'aristocrates de très haute naissance (les « grands »), de nobles moins puissants, qui peuvent faire carrière dans l'armée ou l'administration, et de grands bourgeois qui adoptent les valeurs de la noblesse qu'ils fréquentent.

1. Ordres : c'est ainsi qu'on appelle, sous l'Ancien Régime, les divisions de la société. On parle aujourd'hui de catégories ou de

2. Duc est le titre de noblesse le plus élevé après celui de prince. Prennent rang ensuite ceux de marquis, de comte,

VAILLANCE ET ESPRIT

Sous l'Ancien Régime, la noblesse est associée à un certain nombre de valeurs, qui sont adoptées par l'ensemble de la haute société. Ainsi, un « homme de qualité » est à la fois un noble de haute naissance et quelqu'un pour qui honneur et vaillance sont les valeurs principales. Cependant, sous le règne de Louis XIII, se développe un phénomène nouveau : l'essor de la vie mondaine, qui favorise l'éclosion de valeurs nouvelles. Si le courage et la vaillance sont toujours des vertus nécessaires à « l'homme de qualité », le fait de faire preuve d'« esprit » est fortement valorisé. Il faut être d'une intelligence vive, briller par des réparties cinglantes, et posséder une grande connaissance des arts, en particulier de la poésie, afin de pouvoir composer des œuvres brillantes.

L'éducation d'un gentilhomme

Pour pouvoir briller à la cour, les jeunes aristocrates doivent apprendre les arts et les techniques qui leur permettront de s'associer aux loisirs du souverain : la danse, pour participer aux ballets, et surtout l'équitation, pour participer à la chasse, activité favorite de Louis XIII.

Gentilhomme jouant du luth, *Nicolas Bonnart (1637 ?-1718), graveur du XVIIe siècle, série « Les caractères ».*

Le vrai Cyrano de Bergerac (1619-1655)

Savinien Cyrano de Bergerac, fils d'un avocat du barreau de Paris, n'est pas originaire de Gascogne : Bergerac est le nom du domaine que possède sa famille dans la vallée de Chevreuse. Il fait ses études à Paris, au collège de Beauvais - dont il caricature le principal dans *Le Pédant joué*, comédie qui, en 1645, remporte un franc succès. Puis il s'engage comme cadet dans la compagnie des Gardes du capitaine Carbon de Castel-Jaloux : ses camarades le surnomment « démon de la bravoure ». Après avoir été blessé d'un coup d'épée à la gorge durant le siège d'Arras en 1640, il quitte l'armée et revient à Paris, où il fréquente les cercles libertins[3] et suit les cours du philosophe Gassendi. Mais sa vie dissipée a vite raison de son patrimoine et il doit trouver des protecteurs. En 1653, sa tragédie *La Mort d'Agrippine* fait scandale en raison de ses idées antireligieuses. En 1654, il publie des *Lettres satiriques*, dans lesquelles il s'en prend au dramaturge Montfleury. C'est en sortant de chez le duc d'Arpajon, son dernier protecteur, qu'il est blessé à la tête par la chute d'une poutre. Malgré les soins de sa sœur Catherine, supérieure du couvent des Filles de la Croix, il meurt des suites de sa blessure en 1655. Son ami Le Bret fait publier, en 1657, l'*Histoire comique des États et Empires de la Lune*, récit d'un voyage fictif dans la lune.

Portrait d'Hercule Savinien Cyrano de Bergerac. Gravure de 1928.

3. Cercles libertins : cercles intellectuels de penseurs pour qui le monde n'est pas organisé par Dieu, dont ils nient l'existence, mais selon des lois que l'homme peut comprendre avec sa raison.

2 Quels sont les divertissements à la mode ?

À la cour comme dans les théâtres ou les salons, les divertissements de l'aristocratie sont nombreux. Ils permettent aux nobles de se mettre en scène et de briller au cœur de la petite société qu'ils fréquentent.

• UNE VIE DE COUR RICHE EN DIVERTISSEMENTS

Sous Louis XIII, dans les somptueux palais du Louvre, de Saint-Germain et de Fontainebleau, les festivités ne manquent pas, notamment lorsque le roi reçoit des personnalités importantes. Deux bals sont organisés chaque semaine au Louvre, qui réunissent les gentilshommes et les dames de la cour. Le roi organise aussi des carrousels, jeux équestres permettant aux nobles qui y participent de montrer l'étendue de leur talent de cavaliers. Enfin, l'un des divertissements les plus prisés du souverain est le ballet de cour, qui mêle les chorégraphies et les chants, et parfois des dialogues. Le roi en personne y participe, se mettant en scène dans sa fonction symbolique de souverain : en 1615, par exemple, lors du ballet de Minerve, le roi interprète le rôle du Soleil, qui illumine les hommes et leur transmet ainsi la vertu céleste[1].

Scaramouche

Scaramouche, nom de scène de Tiberio Fiorelli, est l'une des stars du théâtre sous le règne de Louis XIII. Né à Naples en 1608, il fait carrière à Paris, où il enrichit le répertoire de la commedia dell'arte du personnage de Scaramouche, un fanfaron vantard et peureux, toujours vêtu de noir avec une longue épée au côté.

1. Autres divertissements fort appréciés à l'époque : les jeux, tels le palemail (ancêtre du golf) ou la paume (ancêtre du tennis).

L'Hôtel de Bourgogne dans *Cyrano de Bergerac* : une reconstitution exacte ?

Le premier acte de Cyrano de Bergerac se déroule lors d'une représentation donnée à l'hôtel de Bourgogne. Écrite en 1897, la pièce n'est pas exempte d'anachronismes : ainsi, alors que la scène est censée se dérouler en 1640, on y évoque Bellerose, qui fut certes un célèbre directeur de l'hôtel de Bourgogne… mais à partir de 1642 ! Le dramaturge, qui prend soin de décrire la salle dans une longue didascalie, ne s'est pas non plus soucié d'une reconstitution historique pointilleuse. Pourtant, il réussit à faire revivre l'atmosphère très particulière des spectacles dramatiques de l'époque, durant lesquels – contrairement à aujourd'hui – le silence des spectateurs n'était pas de mise.

L'Hôtel de Bourgogne et ses comédiens en 1680.

• LE THÉÂTRE

Le théâtre est également un divertissement prisé, et la cour assiste à des représentations aussi bien à Paris qu'à Fontainebleau. Le public parisien, quant à lui, dispose de deux salles : l'historique salle de l'Hôtel de Bourgogne, qui existe depuis le milieu du XVIe siècle, et le théâtre du Marais, plus récent. Dans ces deux lieux se produisent des troupes itinérantes, souvent venues d'Italie. Le public y est composé aussi bien d'aristocrates que de bourgeois, et même de gens fort modestes. Mais la disposition des lieux permet à chacun de rester « à sa place », car chaque catégorie de spectateurs occupe un espace qui lui est propre : ainsi, les aristocrates de haut rang assistent aux spectacles soit dans de luxueuses loges, soit sur la scène même du théâtre.

• LES SALONS

Sous Louis XIII se développe également la mode des « salons ». Il s'agit de lieux privés, dans lesquels la maîtresse de maison invite un petit cercle de personnalités triées sur le volet – nobles de haute naissance, hommes politiques, écrivains à succès –, qui s'emploient à rivaliser d'élégance et d'esprit. Ce sont dans ces salons littéraires que se développe le mouvement de la préciosité[2], qui se caractérise par la recherche du raffinement dans le langage et les manières.

Le salon le plus célèbre est celui de Catherine de Rambouillet, qui reçoit dans la chambre bleue de son hôtel particulier aussi bien le puissant cardinal de Richelieu que le célèbre dramaturge Pierre Corneille. Dans *Cyrano de Bergerac*, le personnage de Roxane incarne les valeurs de ces

Deux écrivains précieux

Honoré d'Urfé (1575-1625) : son œuvre la plus célèbre est le roman *L'Astrée*, auquel il est fait plusieurs fois allusion dans *Cyrano de Bergerac*.

Mlle de Scudéry (1607-1701) : maîtresse de l'un des salons littéraires les plus à la mode, elle est l'auteur du roman *Clélie*, dans lequel apparaît la « Carte de Tendre », carte allégorique des rapports amoureux.

2. On appelle « précieuses » les femmes qui apprécient et pratiquent la *préciosité*.

salons, en accordant une place primordiale au bel esprit de son amant. Comme Roxane dans la pièce de Rostand – de son vrai nom Magdeleine Robin –, il n'est pas rare que les nobles se présentent dans les salons sous un nom d'emprunt, plus romanesque que le leur. À l'hôtel de Rambouillet, par exemple, la maîtresse de maison se faisait appeler « Arthénice », sa fille Julie était « Mélanide », tandis que le poète Vincent Voiture prenait le surnom de « Valère ».

Roxane, une précieuse ridicule ?

En 1659, Molière monte *Les Précieuses ridicules*. Dans cette comédie, les précieuses, ridiculisées, apparaissent comme des femmes prétentieuses et naïves, qui préfèrent les métaphores emphatiques de poètes hypocrites à l'expression simple de sentiments vrais. Cette comédie est évidemment une référence pour Rostand. Toutefois, s'il reprend quelques traits de la satire de Molière, il ne ridiculise pas la spirituelle Roxane.

Le Conseiller des grâces[3], *gravure de Michel de Marolles, XVIIe siècle. BnF, Paris.*

3. En langage précieux, le **conseiller des grâces** désigne un miroir.

3 Comment se bat-on à l'époque de Louis XIII ?

Par bien des aspects, la vie sous Louis XIII est bruyante et violente : les guerres y sont fréquentes, tout comme les combats entre gentilshommes.

● LA GUERRE

Au XVIIe siècle, les guerres entre la France et les autres États européens sont nombreuses. L'armée, dirigée par le roi, est formée de professionnels. Elle est organisée en corps d'effectifs réduits, comprenant majoritairement des cavaliers et des fantassins. À leur tête, des nobles sont chargés de recruter et de payer les soldats. Dans les faits, il arrive souvent que les soldes ne soient pas versées, et que l'approvisionnement vienne à manquer. La troupe doit alors vivre des ressources du pays qu'elle occupe, qu'il s'agisse d'un allié ou d'un ennemi.

Or, les armées ont d'autant plus de besoins qu'elles sont le plus souvent accompagnées d'une foule nombreuse de civils : vivandiers et charretiers[1], valets au service des officiers, ou encore prostituées. À la fin du règne de Louis XIII, si la logistique s'améliore et si le soldat manque plus rarement de vivres et de nourriture pour son cheval, c'est aux dépens du tiers état (peuple), soumis à de lourdes taxes qui permettent de récolter les fonds nécessaires à la vie quotidienne de l'armée.

Les mousquetaires

La compagnie des mousquetaires du roi, qui servent de garde rapprochée au souverain, est créée par Louis XIII en 1622. Ils portent un mousquet (arme à feu, ancêtre du fusil) — d'où leur nom — et un uniforme particulier : un habit rouge et une casaque bleue ornée d'une grande croix d'argent sur la poitrine et sur le dos.

1. **Vivandiers et charretiers :** hommes chargés d'assurer le ravitaillement des troupes et de conduire les charrettes servant à transporter les vivres et les armes.

● LES DUELS D'HONNEUR

La cour du roi n'est pas elle non plus à l'abri de la violence : entre les gentilshommes, les querelles sont nombreuses. Et lorsque l'honneur est mis en jeu, ils n'hésitent pas à le défendre en recourant au duel[2]. Celui-ci a lieu le jour ou la nuit, et ne se clôt qu'avec la blessure ou la mort de l'un des deux adversaires. Peu de publicité est faite aux duels : au-delà des deux rivaux, seuls quelques témoins assistent à la scène. Cette pratique est en effet sévèrement condamnée par l'Église comme un crime de lèse-majesté divine : le fait de décider, de sang-froid et pour un motif souvent futile[3], de tuer ou d'être tué, est considéré comme un défi envers Dieu. C'est pourquoi l'Église prévoit l'excommunication des duellistes, mais aussi des témoins, et même des simples spectateurs.

Louis XIII tente lui aussi de mettre fin au duel par des édits (lois) : pour le souverain en effet, outre l'interdit religieux, le duel ne peut qu'être néfaste au royaume car c'est une façon pour les nobles de se faire justice eux-mêmes et, par conséquent, de passer outre l'autorité du souverain et de s'affranchir de sa tutelle.

Détail d'un duel entre deux sœurs près de Bordeaux en 1650. Gravure sur bois de l'école française du XVIIe siècle. BnF, Paris.

2. Duel : combat à l'épée entre deux adversaires, soumis à des règles strictes.
3. Voici quelques motifs de duel relevés par un historien contemporain, François Billacois : « préséance pour monter en carrosse », « pour soufflet » (gifle), « réclamation d'un chapeau prêté et non rendu », « traité d'ivrogne par son oncle

Un duel célèbre

Le duel le plus retentissant du règne de Louis XIII a lieu le 12 mai 1627. Son protagoniste est François de Montmorency-Bouteville, un jeune aristocrate de 27 ans tout juste qui compte déjà 22 duels à son actif ! Au cœur de la capitale, en plein jour et en pleine rue, il se bat en duel avec le marquis Bussy d'Amboise, qu'il tue d'un coup d'épée. Bouteville prend la fuite mais, arrêté le lendemain, il est ramené à Paris et jugé. Condamné à la peine capitale, il a le cou tranché en place de Grève[4], en présence d'une foule nombreuse. Une exécution pour l'exemple, ce duel constituant un véritable défi à l'autorité royale. Le cardinal de Richelieu venait en effet — moins d'un an auparavant ! — de publier un édit punissant le duel de la peine de mort. De plus, Bouteville avait poussé l'audace jusqu'à se battre place Royale, lieu destiné aux célébrations les plus prestigieuses de la monarchie.

Duel de François de Montmorency-Bouteville le 12 mai 1627 sur la place Royale, à Paris. Illustration de Théodore Cahu, lithographie de Maurice Leloir (1910). Collection privée.

4. Aujourd'hui place de l'Hôtel de Ville.

4 L'amour et l'argent : comment se marie-t-on ?

Dans* Cyrano de Bergerac, *Edmond Rostand met en scène avec brio un mariage, certes très romantique, mais fort éloigné des pratiques courantes de l'époque.

● UNE AFFAIRE DE FAMILLE

S'il peut arriver que les futurs époux se choisissent librement et se marient avec l'accord de leurs parents, la plupart des mariages sont voulus et préparés de longue date par les familles des fiancés. Le mariage est en effet l'alliance de deux familles plus que l'union de deux individus.

Pour les aristocrates, l'un des principaux enjeux du mariage est d'éviter une mésalliance, c'est-à-dire l'union avec une personne de rang inférieur.

Le roi n'hésite pas à vitupérer contre ces mésalliances, qui risquent de compromettre le rang et la fortune de la famille tout entière. Il est vrai que son propre mariage est le fruit d'un accord entre les familles royales française et espagnole : promis dès son enfance à Anne, l'infante d'Espagne, Louis XIII n'a que 12 ans quand le contrat de mariage est signé et 14 lorsque le mariage est célébré à Bordeaux.

● LA CÉLÉBRATION DU MARIAGE

Le mariage donne d'abord lieu à un contrat, dans lequel est notamment stipulé le montant de la dot[1]. La célébration du mariage, quant à elle, est uniquement religieuse : il est célébré par

Mariage et théâtre au XVIIe siècle

Le mariage, enjeu majeur de la société du XVIIe siècle, est également l'un des thèmes récurrents des pièces de théâtre de l'époque. Ainsi, dans nombre des comédies de Molière, l'intrigue repose sur le décalage entre le mariage que souhaitent les jeunes amoureux et les projets de leurs pères.

1. Dot : somme d'argent que la famille de la jeune fille s'engage à verser lors du mariage.

un curé en présence des époux et de quatre témoins dignes de foi. Le curé a l'obligation d'inscrire les noms, prénoms et âges des nouveaux mariés sur le registre paroissial. Le mariage est considéré comme un sacrement, un engagement des hommes devant Dieu, que rien ne peut rompre. À l'époque, il n'était pas question de divorcer...

● LE MARIAGE DES ROTURIERS

Comme celui des aristocrates, le mariage des roturiers[2] résulte le plus souvent d'un arrangement entre les familles. Il fait également l'objet d'un contrat établi chez le notaire – ceux qui ne savent pas écrire signent d'une simple croix – et la dot y est tout aussi obligatoire, bien que les sommes versées soient moins élevées.

Le mariage est également un enjeu économique : à la campagne, il n'est pas rare que les hommes attendent la mort de leurs parents pour se marier, afin de pouvoir continuer à mener à bien les travaux des champs. De même, en cas de décès de leur épouse, ils se remarient rapidement. Ainsi, malgré l'interdiction du divorce, les familles que l'on dirait aujourd'hui « recomposées » sont fréquentes.

À quel âge peut-on se marier ?

Depuis 1556, un édit royal fixe la majorité matrimoniale (c'est-à-dire l'âge auquel on peut se marier librement) à 30 ans pour les hommes, et 25 ans pour les femmes. Aujourd'hui, en France, la majorité matrimoniale est fixée à 18 ans, aussi bien pour les filles que pour les garçons.

Mariage de Louis XIII (1601-1643), roi de France, avec Anne d'Autriche, et de Philippe d'Autriche, futur Philippe IV d'Espagne, avec Élisabeth de France, en 1615. Gravure.

2. Roturiers : sous l'Ancien Régime, tous ceux qui ne sont pas nobles.

Petit lexique du théâtre

Acte	Nom donné à chacune des grandes parties d'une pièce de théâtre. Le plus souvent, le changement d'acte correspond à un changement de lieu ; le rideau se ferme pour permettre le changement de décor.
Adresse	Travailler les adresses au théâtre revient à se demander à qui est destinée une réplique : à un autre personnage ? à soi-même ? au public ?
Allégorie	Figure de style qui consiste à représenter une idée abstraite sous les traits d'une personne.
Aparté	Au théâtre, parole qu'un personnage dit à part soi, en présence d'autres personnages, et que seul le public entend.
Auteur dramatique	Auteur d'une pièce de théâtre. *Synonyme* : dramaturge.
Burlesque	De l'italien *burlesco*, de *burla*, « farce ». Procédé et genre littéraire fondé sur un humour exagéré, parfois trivial, présentant souvent un décalage entre la situation, sérieuse et noble, et le comique de l'expression.
Caricature	Procédé comique ou satirique qui consiste à grossir certains traits ridicules ou déplaisants.
Comédie	Pièce comique destinée à faire rire le public.
Comédien	Personne qui joue la *comédie*, incarne un personnage d'une pièce. *Synonyme* : acteur.
Commedia dell'arte	Genre théâtral italien dans lequel, à partir de personnages (Arlequin, Scaramouche, Pierrot, Colombine, Matamore…) et de situations-types (les *lazzi*), les comédiens développent une action en improvisant.
Coup de théâtre	Événement inattendu qui modifie radicalement le cours de l'action.
Dénouement	Fin de la pièce, moment où tout s'explique et se résout.
Didascalie	Indication, figurant en italique dans le texte de la pièce, sur le décor, les costumes, le ton ou les gestes.
États (intentions)	Au théâtre, émotions ressenties et exprimées par le comédien lorsqu'il interprète le personnage.

Exposition	Début d'une pièce de théâtre, où sont présentés les personnages, les circonstances de l'action.
Improviser	Jouer spontanément, sans avoir appris de texte, une situation donnée. Les spectacles de la commedia dell'arte sont toujours improvisés.
Métaphore	Comparaison à qui il manque l'outil de comparaison.
Mise en scène	Action de diriger les acteurs (mouvements, intonations), de choisir les décors et les costumes pour la représentation. Celui qui dirige la mise en scène est le metteur en scène.
Monologue	Passage où un personnage parle seul sur scène pour exprimer ses pensées aux spectateurs.
Néologisme	Invention d'un mot.
Intrigue	Ensemble des événements qui constituent le nœud d'une pièce de théâtre.
Paradoxe	Opinion contraire aux opinions communément admises.
Parodie	Une parodie reprend les personnages, les situations, le cadre et le style d'une autre œuvre pour s'en moquer.
Pastiche	Imitation du style d'un auteur, d'un artiste. Le pastiche existe dans tous les genres artistiques. Il peut être un simple exercice de style, un hommage, ou avoir une visée humoristique.
Pastorale	Thème littéraire évoquant la vie à la campagne, dont les personnages sont des bergers et des bergères.
Péripétie	Changement de situation.
Pittoresque	Qui est digne d'être peint, par son aspect séduisant, typique, original... *Un paysage pittoresque.*
Première	Première représentation publique d'une pièce de théâtre.
Procédés comiques	Moyens utilisés pour faire rire, qui peuvent relever du comique de geste, de situation, de mots ou de caractère.
Protagoniste	Personnage important d'une pièce de théâtre, d'un film, d'un roman.
Quiproquo	En latin : « ceci pour cela ». Situation où l'on prend une personne pour une autre, où l'on comprend de travers et qui génère des effets comiques, parfois en cascade.

Réplique	Ce qu'un acteur doit dire en une seule fois. Dans le texte de la pièce, devant chaque nouvelle réplique, est écrit le nom du personnage qui parle.
Satire	Écrit qui s'attaque à quelqu'un, à quelque chose, en s'en moquant.
Scène	**1.** Lieu où jouent les acteurs ; on parle aussi des « planches » ou du « plateau ». **2.** Nom donné à chacune des parties d'un acte ou d'une journée. On change de scène lorsqu'un personnage arrive ou s'en va.
Scène finale	Dernière scène d'une pièce de théâtre, dans laquelle se dénouent les fils de l'intrigue.
Scénographie	Désigne l'organisation de l'espace scénique dans les arts du spectacle vivant, la manière d'agencer les décors, les accessoires.
Théâtre	Le mot désigne aussi bien le lieu (la salle) que le spectacle qui s'y déroule (la pièce). Le théâtre est un art du spectacle vivant.
Théâtre dans le théâtre	Pièce qui contient en elle-même la représentation d'une pièce de théâtre.
Tirade	Longue réplique, dans laquelle un personnage développe une idée importante.
Tragédie	Genre théâtral inventé dans la Grèce antique. Souvent en vers, une tragédie raconte les histoires terribles arrivées à des personnages mythologiques ou historiques. Racine et Corneille ont écrit des tragédies.
Unités	Le théâtre classique du XVIIe siècle instaure des règles censées rendre l'action plus vraisemblable, notamment les règles des trois unités : unité de lieu (l'action se déroule en un lieu unique), unité de temps (l'action ne dure pas plus de vingt-quatre heures), unité d'action (l'intrigue se concentre sur une intrigue principale, les intrigues secondaires sont proscrites). Le drame romantique remet ces règles en question au XIXe siècle.
Vaudeville	Comédie légère, à l'intrigue amusante et vive, fondée sur le quiproquo.

À lire et à voir

● AUTRES PIÈCES D'EDMOND ROSTAND

L'Aiglon (1900) : ce drame en six actes, écrit en alexandrins, raconte l'histoire du fils de Napoléon.

Chantecler (1910) : cette pièce en quatre actes raconte l'histoire du coq Chantecler, qui règne sur la basse-cour. L'arrivée d'une poule faisane bouleverse sa vie, lui faisant découvrir l'amour.

● LIRE HERCULE SAVINIEN CYRANO DE BERGERAC

L'Autre Monde ou les États et Empires de la Lune et *Les États et Empires du Soleil,* Gallimard, Folio Classique, 2004.

● *CYRANO DE BERGERAC* DANS L'HISTOIRE DU THÉÂTRE

André Degaine, *Histoire du théâtre dessinée*, Nizet, 2000.
Une histoire du théâtre passionnante, riche, ludique et vivante.

Alain Viala, *Histoire du théâtre*, PUF, collection « Que sais-je ? », 2010.
Un petit livre passionnant sur l'histoire du théâtre, de l'Antiquité à nos jours.

● CYRANO À L'ÉCRAN

Cyrano de Bergerac, téléfilm de Claude Barma (1960), avec Daniel Sorano, Françoise Christophe, Michel le Royer.

Cyrano de Bergerac, film de Jean-Paul Rappeneau (1990), avec Gérard Depardieu, Vincent Pérez, Anne Brochet.

Cyrano de Bergerac, mise en scène de Denis Podalydès (2006) pour la Comédie-Française, avec Michel Vuillermoz et Éric Ruf.

Classiques et Cie Collège - Théâtre

● **EN 6e**

10. MOLIÈRE - Le Médecin malgré lui

Pour se venger de Sganarelle, son mari qui boit et qui la bat, Martine raconte qu'il est un médecin, mais qu'il faut le battre pour qu'il le reconnaisse…

30. GRIPARI - Le Bourricot, suivi de *Pour l'annonce*

Un paysan décide de vendre sa femme à la foire en la faisant passer pour un bourricot. Charles Perrault fait passer un entretien d'embauche au Loup, à la Mère-Grand et au Petit Chaperon rouge avant d'écrire son conte.

31. MOLIÈRE - Le Bourgeois gentilhomme

Monsieur Jourdain prétend sortir de sa condition bourgeoise en singeant les manières d'un noble.

22. MOLIÈRE - Les Fourberies de Scapin

Grâce à Scapin et à ses inventions ingénieuses, l'amour finit par triompher des pères autoritaires.

Une comédie, dont l'objectif est de défendre les droits des amoureux et de faire rire des pères trop autoritaires.

43. *MOLIÈRE - Le Malade imaginaire*

Argan, se sentant toujours malade, a pour idée de marier sa fille Angélique au médecin Diafoirus, tandis que celle-ci rêve d'épouser Cléante.

● EN 5e

58. *MOLIÈRE - Le Médecin volant* suivi de *l'Amour médecin*

Comment épouser celui qu'on aime quand son père s'y oppose ? Lucinde et Lucile ont la même idée : feindre la maladie et profiter de la crédulité de leur père.

13. *MOLIÈRE, CAMI, TARDIEU, DEVOS, DUBILLARD - Petites Comédies*

La Jalousie du Barbouillé de Molière, *Un beau rôle !* de Cami, *Un mot pour un autre* de Jean Tardieu, *Tête à queue* de Raymond Devos et *La Leçon de piano* de Roland Dubillard : cinq petites comédies qui permettent de découvrir l'histoire de la comédie et la diversité des formes de comique.

● EN 4e

27. *CORNEILLE - Le Cid*

« L'amour n'est qu'un plaisir, l'honneur est un devoir. » Deux amants héroïques déchirés par le conflit de l'amour et de l'honneur.

75. GAUTIER - *Regardez mais ne touchez pas*

Le cheval de la reine d'Espagne s'est emballé. Personne ne se précipite à son secours : en effet, tout homme qui ose toucher la reine est puni de mort. Mais Béatrix, sa suivante, promet sa main au sauveur, quel qu'il soit...

6. MUSSET - *On ne badine pas avec l'amour*

Camille et Perdican se retrouvent, après dix ans de séparation, dans le château de leur enfance où ils ont grandi et se sont aimés. Le père de Perdican souhaite les marier...

16. MOLIÈRE - *L'Avare*

Harpagon compte faire épouser à ses enfants de vieilles personnes riches et se marier avec Mariane. Mais la jeunesse et l'amour l'emportent sur les calculs du vieillard.

69. RACINE - *Andromaque*

Oreste aime Hermione, qui aime Pyrrhus, qui aime Andromaque. Celle-ci restera-t-elle fidèle à la mémoire de son mari, le Troyen Hector, père d'Astyanax ? Une tragédie qui mêle tous les grands thèmes du théâtre racinien : fatalité, passion et folie.

38. ROSTAND - *Cyrano de Bergerac*

Cyrano de Bergerac aime en secret sa cousine Roxane mais son long nez disgracieux et sa grande générosité l'amènent à se sacrifier au profit du jeune et beau Christian.

16. SHAKESPEARE - Roméo et Juliette

Les Montaigu et les Capulet sont deux familles déchirées par une haine d'autant plus tenace qu'on en ignore la cause. Issus chacun d'un de ces deux clans, Roméo et Juliette vivent un amour impossible.

55. SOPHOCLE - Antigone

Le tyran Créon a interdit qu'on enterre Polynice, au nom de la raison d'État. Antigone, elle, préfère mourir plutôt que de laisser son frère sans sépulture.

● EN 3e

45. MOLIÈRE - Les Précieuses ridicules

Magdelon et Cathos, deux jeunes filles arrivées récemment à Paris, repoussent leurs prétendants sous prétexte qu'ils manquent de galanterie et de bel esprit. Ceux-ci décident alors de se venger à l'aide de leurs valets déguisés en gentilhommes...

56. SCHWARTZ - Le Dragon

Une ville tyrannisée par un dragon doit lui livrer en tribut une jeune fille chaque année. Mais les habitants s'y sont habitués et il faut attendre l'arrivée de Lancelot pour que le dragon soit mis hors d'état de nuire.

Table des illustrations

7 ph © Roger Viollet
8 ph © Archives Hatier
14-15 ph © Coll. Perrin/Kharbine-Tapabor
44 ph © Collection Christophe L ® Camera One / CNC / DD Productions
75 ph ©Mary Evans / Rue des Archives
128 ph © PascalVictor/ArtCompress
163 ph © Archives Hatier
223 ph © Tallandier / Rue des Archives/ Bridgeman
239 ph © Gusman/Leemage
254 ph © Roger-Viollet
287 ph © Archives Hatier
300 à 329 ph © Archives Hatier
303 ph © Archives Hatier
322 ph © www.bridgemanimages.com
327 ph © www.bridgemanimages.com
333 ph © Archives Hatier
334 ph © Lee / Leemage
336 ph © Archives Hatier
338 ph © Archives Hatier
340 ph © www.bridgemanimages.com
341 ph © www.bridgemanimages.com
343 ph © Archives Hatier

Cahier couleurs

I ph © François Berthon
II ph © Patrick Berger/ArtComPress
III ph © Brigitte Enguerand / Divergence
III ph © Brigitte Enguerand / Divergence
IV ph © Pascal Victor/ArtComPress
IV ph © Brigitte Enguerand / Divergence

Couverture

Plat 2 ph © Collection Perrin/ Kharbine-Tapabor.
Plat 3 ph © Collection Christophe L ® Camera One / CNC / DD Productions

Principe de maquette : Marie-Astrid Bailly & Sterenn Heudiard
Mise en pages : Facompo
Suivi éditorial : Luce Camus
Illustrations : Xavier Coste – Vincent Landrin
Iconographie : Hatier Illustration

Achevé d'imprimer

Achevé d'imprimer par Grafica Veneta à Trebaseleghe - Italie
Dépôt légal n° 02821-0/04- Novembre 2018